Lia & Lea
IM PONYGLÜCK
EINE MUTIGE ENTSCHEIDUNG

CAROLA VON KESSEL

Lia & Lea
IM PONYGLÜCK

EINE MUTIGE ENTSCHEIDUNG

Ein spannendes Pferde-Abenteuer
mit kniffligen Mitmachrätseln

EMF

EIN BUCH DER
EDITION MICHAEL FISCHER

IMPRESSUM

Bibliografische Information der Deutschen Bibliothek.

Die Deutsche Bibliothek verzeichnet diese Publikation in der Deutschen Nationalbibliografie.

Detaillierte bibliografische Daten sind im Internet über http://www.dnb.de/ abrufbar.

EIN BUCH DER EDITION MICHAEL FISCHER

1. Auflage 2023

Text: Carola von Kessel

Illustrationen: Veronika Gruhl (S. 6, 7, 37, 84, 91, 124)

Bildnachweis: Cover: Foto von Lia und Lea: Mike Schirdewahn, Innenteil: Sämtliches Bildmaterial stammt von Shutterstock: ©Max_Lockwood (Baumstämme), ©Tuuli Sarapu (Hufeisen), ©Tatyana Pushnaya (Holztafel), ©Ilona Myronenko (Sprechblase), ©tanialerro.art (Schmetterlinge), ©Airdynamic, ©Yaroslavna Zemtsova, ©Kristina Rudkevica (Labyrinth).

Cover: Silvia Keller

Layout & Satz: Janine Kühnle, Silvia Keller

Lektorat und Produktmanagement: Katharina Steinbach

ISBN: 978-3-7459-1746-8

Gedruckt bei GGP Media GmbH,
Karl-Marx-Straße 24, 07381 Pößneck

www.emf-verlag.de

FSC
www.fsc.org
MIX
Papier | Fördert gute Waldnutzung
FSC® C145070

INHALT

LOS GEHT'S INS ABENTEUER!

Hey, lest ihr auch so gerne Pferdegeschichten wie wir?

Die spannendsten Geschichten schreibt oft das Leben selbst. Vor allem, wenn man so wie wir jeden Tag mit Ponys und Pferden zu tun hat. Mit ihnen erleben wir immer wieder unglaubliche, aufregende, lustige, glückliche und manchmal auch traurige Momente.

Was liegt da näher, als die berührendsten und spannendsten davon aufzuschreiben? So ist dieses Buch entstanden – unsere erste gemeinsame Abenteuergeschichte! In Wirklichkeit ist sie nicht genau so passiert, aber sie enthält jede Menge wahre Erlebnisse. Und die Hauptrollen spielen natürlich unsere allerliebsten Herzensponys Alfi und Welli.

Lea & Welli

Instagram

Youtube

Wer uns auf Social Media folgt, der weiß, dass wir dort ganz ehrliche Einblicke in unser Leben mit Pferden geben. Umso mehr Spaß hat es gemacht, uns für dieses Buch gemeinsam mit unserer Co-Autorin Carola von Kessel ein spannendes Abenteuer auszudenken. Dabei lernt ihr uns noch näher kennen, erfahrt viel über unsere Ponys und könnt zwischendurch witzige und knifflige Rätsel lösen.

Lust auf mehr? Nur zu, schreibt uns gerne eure Anregungen für weitere Geschichten!

Wir wünschen euch viel Spaß beim Lesen, Mitfiebern und Tüfteln!

Eure Lia & Lea

Lia & Alfi

Instagram

Youtube

WIE ALLES BEGANN …

Wer macht mit beim Rätsel-Ritt?

Wer? Teams aus zwei Reiter*innen mit ihren Ponys oder Pferden

Wann? Erster Samstag im Oktober, 9 Uhr

Wo? Reitstall Birkenhof

Was? Geländeritt mit vielseitigen Aufgaben

Extra: Rätsel-Stationen mit total unnützem Pferdewissen 😉

Für das beste Team gibt's ein Zweier-Training bei einer Weltklasse-Trainerin.

Mehr wird noch nicht verraten!

Lea: Schau mal… Lust mitzumachen? 😀

Lia: 👍 Ich bin dabei!

ÜBERRASCHUNG IM SATTEL

„Hey, Lea! Hier sind wir!“ Lia hielt Alfi am Zügel und winkte mit der freien Hand.

Lea stand mit Welli in der Hofeinfahrt und sah sich suchend um. Auf dem Reiterhof herrschte reges Treiben. Überall wurden Ponys gesattelt und herumgeführt. Da hatte Welli seinen Freund Alfi schon entdeckt und wieherte ihm zu. Alfi schmetterte ein lautstarkes Wiehern zurück.

Geht's auch bisschen leiser?

Lia

„Süß, wie die beiden sich begrüßen!“ Lea kam mit Welli herüber. „Und, was sagst du zu dem genialen Wetter?“

Die Sonne schien vom strahlend blauen Himmel. Über den Feldern hingen noch ein paar Nebelfetzen, doch es versprach, ein wunderschöner Herbsttag zu werden.

„Perfekt für unseren Rätsel-Ritt", fand Lia und überprüfte noch einmal Alfis Zaumzeug.

Welli und Alfi sahen sich mit gespitzten Ohren um. Ihre Augen blitzten unternehmungslustig.

Jetzt stellten sich alle Teilnehmerinnen und Teilnehmer im Kreis auf. Eine junge Frau namens Paula erklärte den Ablauf des Rittes, und dann ging das erste Team schon an den Start.

Los geht's!

Lia und Lea starteten als viertes Team. Munter stapften die Ponys durch das bunte Herbstlaub. Der Weg führte über eine große Pferdeweide und endete beim ersten Geländehindernis, einem Holztor.

AB DURCHS TOR!
Wer weiterkommen möchte, muss dieses Tor vom Sattel aus öffnen, durchreiten und von der anderen Seite wieder schließen. Viel Glück!

Kein Problem für Dressurmurmel Alfi! 😉

Lia

Für Welli ein Klacks! 😍

Lea

Gut, dass sich Alfi und Welli mühelos vorwärts, seitwärts und rückwärts steuern ließen! So standen sie ruck, zuck auf der anderen Seite des Tores.

Eins zu null für Team Ponyglück!

Vor ihnen lag ein weicher Sandweg.

„Lust auf einen Galopp?“, rief Lia.

„Na klar!“, gab Lea zurück.

Schon wirbelten die Hufe durch den Sand. Lia und Lea strahlten um die Wette. Vor ihnen flatterten die Ponymähnen im Wind, und die frische Herbstluft trieb ihnen Tränen in die Augen.

Auf einer Anhöhe parierten sie durch und ließen Alfi und Welli am langen Zügel weiterbummeln. Auf den Wiesen glitzerte der Tau im Sonnenlicht, und von den Nüstern der Ponys stiegen kleine Atemwölkchen auf.

Lea zupfte ein gelbes Herbstblatt aus Wellis Mähne.

„Ich bin schon so gespannt auf die Rätsel“, meinte sie. „Was ist denn bitte schön unnützes Pferdewissen?“

„Keine Ahnung.“ Lia zuckte mit den Schultern. „Vielleicht sollen wir raten, wie viele Haare ein Pferd hat …“

Lea grinste. „Oder wie viele Leckerlis ein Pony fressen kann. Also, da wäre Welli ein guter Testesser.“

„Und Alfi erst!“ Lia kicherte.

Jetzt kamen sie zur ersten Rätsel-Station.

Was uns da wohl gleich erwartet?

Lia

TOTAL UNNÜTZES PFERDEWISSEN

Welcher Pferdename ist in Deutschland am häufigsten?

____

Sortiert die Holzklötze so, dass der häufigste Name links steht und der seltenste rechts. Macht ein Foto von eurer Reihenfolge und bringt die Klötze dann fürs nächste Team wieder durcheinander.

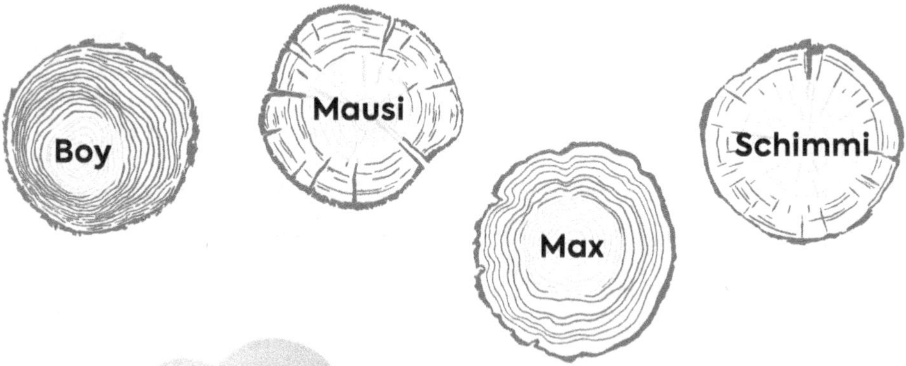

Oh nein! Wer weiß denn so was?

Lea

Hab keinen blassen Schimmer!

Lia

„Alles klar!“ Lea lachte. „Das ist wirklich total unnützes Pferdewissen.“

Neugierig schnupperte Welli an den Klötzen.

„Das ist die Idee!“, rief Lea. „Sollen wir die Ponys entscheiden lassen?“

„Au ja!“ Lia nickte begeistert.

Lea sprang aus dem Sattel und fragte: „Welli, welcher Name kommt am häufigsten vor?“

Welli sah sie fragend an. Als Lea auf das Holz klopfte, rieb er seine Nase an dem Klotz mit der Aufschrift Max.

And the winner is ... Max!

„Das kann sogar stimmen!“, rief Lia.

„Gut gemacht, Welli“, lobte Lea und stellte den Klotz zur Seite. „Jetzt ist Alfi dran!“

Lia ließ die Zügel lang. „Welcher ist der zweithäufigste Pferdename?“, fragte sie ihr Pony.

Alfi untersuchte die restlichen Holzklötze mit dem Maul und begann dann an einem zu nagen. Darauf stand Mausi.

„Na, ich weiß nicht“, kicherte Lia.

„Zweifelst du etwa an Alfi?“ Lea zog die Augenbrauen hoch.

„Nein, natürlich nicht“, versicherte Lia. „Aber ich glaube, er hat einfach den Klotz gewählt, bei dem die Rinde am leichtesten abgeht.“

Als Alfi genug geknabbert hatte, stellte Lea den Mausi-Klotz rechts neben den mit der Aufschrift Max.

„Jetzt wieder du, Welli!“ Sie deutete auf die letzten beiden Klötze. „Boy oder Schimmi, das ist hier die Frage.“

Welli scharrte gelangweilt mit dem Vorderhuf und kickte dabei den Klotz mit dem Namen Schimmi um.

„Ausgerechnet Schimmi“, stöhnte Lea. „Ich bin fast sicher, dass das falsch ist.“

„Egal“, fand Lia. „Und, Alfi – was sagst du zu dem letzten Klotz?“

Statt einer Antwort kaute Alfi auf einem Stück Rinde vom Klotz Boy herum.

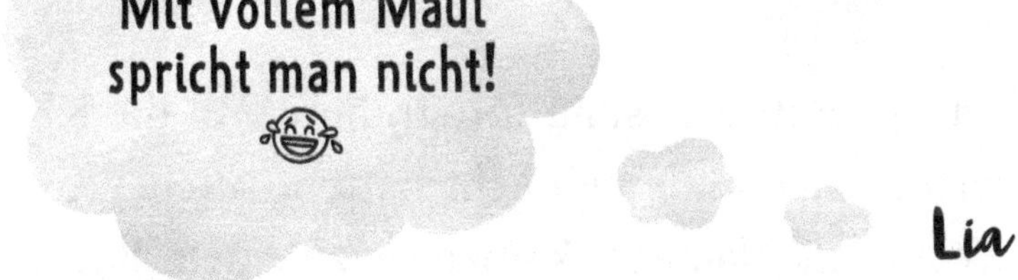

? ?

Jetzt bist du dran! Schreibe die Pferdenamen nach ihrer Häufigkeit auf die Klötze – vom häufigsten Namen links bis zum seltensten rechts. Auf Seite 126-127 findest du die Lösung.

? ?

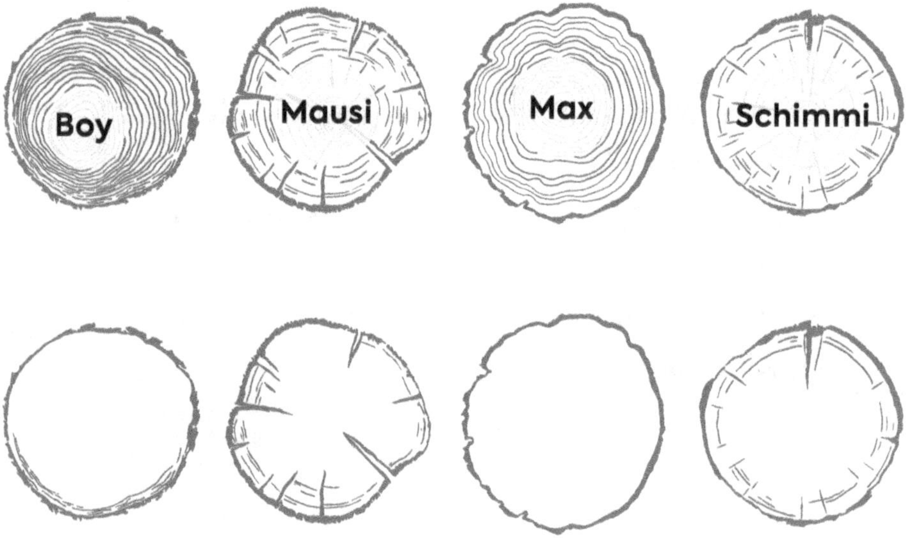

Nachdem sie ihre Lösung fotografiert und die Klötze wieder durcheinandergebracht hatten, ritten Lea und Lia weiter. Als Nächstes kamen sie zu einem Bach.

WASSERDURCHQUERUNG

An diesem Bach führt kein Weg vorbei.
Wenn ihr weiterkommen wollt, müsst ihr
ihn hoch zu Ross durchqueren.

Die Ponys blieben am Ufer stehen.

Meine Großen würden drüber-springen!

Lia

Brrr, das ist bestimmt eisig!

Lea

Welli nahm als Erster seinen Mut zusammen, stapfte durch den Bach und sprang mit einem großen Satz ans andere Ufer.

Uaah, zum Glück
gibt's hier keine
Stilnoten! 😂

Lea

Jetzt war Alfi an der Reihe. Er zog die Beine hoch unter seinen Bauch, während er durchs Wasser stakste.

Hihi, Alfi
spielt Storch!

Lia

Geschafft! Am anderen Ufer hatten sich die Ponys eine Knuddelpause verdient.

„Ich glaube, dahinten wartet schon das nächste Rätsel!“ Lea deutete auf eine Tafel am Waldrand.

„Nichts wie hin!“, rief Lia und steuerte darauf zu.

Aber was war mit den Ponys los? Plötzlich blieben sie stehen und spähten mit hoch erhobenen Köpfen zum Waldrand hinüber.

Irgendwas stimmt hier nicht!

Wie gebannt starrten die Ponys auf ein Gebüsch. Als es dort knackte, zuckte Welli erschrocken zusammen.

„Alles gut, ich bin ja bei dir", beruhigte Lea ihn.

„Zwischen den Büschen bewegt sich was", stellte Lia fest.

Lea runzelte die Stirn. „Ich glaube, das ist ein Tier ..."

Ein Pony!!!

Lea **Lia**

Ein kleines, graues Pony tauchte zwischen den Büschen auf. Aber wie es aussah! Beine und Bauch waren mit

Schlamm bespritzt, Hals und Flanken nassgeschwitzt. Das Pony trug Sattel und Zaumzeug. Die Zügel waren zerrissen und schleiften über den Boden.

Welli und Alfi atmeten auf, behielten das Pony aber genau im Blick.

Puh, kein Raubtier!

Lea und Lia sprangen aus den Sätteln.

„Ich hab Leckerlis dabei", sagte Lia und zog eines aus der Tasche.

Lea hielt Alfi am Zügel, während Lia auf das Pony zuging.

„Hab keine Angst, Kleiner", sagte Lia leise und hielt dem Pony das Leckerli hin. „Wir wollen dir helfen."

Mit großen Augen blickte das Pony sie an.

„Komm schon", lockte Lia. „Wir bringen dich zum Pferdehof zurück. Bestimmt wirst du schon vermisst."

Lea wagte kaum zu atmen. Mit einer Hand kraulte sie Welli und mit der anderen Alfi. Hoffentlich konnten sie das Pony einfangen! Sie hatten den Grauschimmel mit seiner Reiterin am Start gesehen. Was war den beiden wohl passiert?

In diesem Augenblick hob Alfi den Kopf und wieherte. Das Pony antwortete mit kläglicher Stimme und humpelte etwas näher. Oje, es war verletzt!

„Du Armer, du lahmst ja“, stellte Lia fest, ging noch zwei Schritte auf das Pony zu und streckte vorsichtig den Arm aus, um es ja nicht zu erschrecken. Dann schnappte sie sich blitzschnell die Zügel.

Applaus!

Lea atmete erleichtert auf. „Super gemacht, Lia!“, sagte sie. „Ich rufe gleich Hilfe. Wer weiß, was mit der Reiterin ist. Vielleicht ist sie auch verletzt.“

Aber die Technik machte ihnen einen Strich durch die Rechnung.

„Ich hab keinen Empfang“, stellte Lea fest. „Wie sieht es bei dir aus?“

So ein Mist!

Lia

Lia zog ihr Handy heraus. Fehlanzeige, auch sie hatte weder Telefonverbindung noch Internet!

Ratlos sahen sie sich an. „Was machen wir denn jetzt?“

„Wir dürfen keine Zeit verlieren“, meinte Lea. „Führst du Alfi und das Pony in Richtung Pferdehof? Dann suche ich solange nach der Reiterin.“

Lia nickte. „Okay. Und sobald eine von uns telefonieren oder Nachrichten verschicken kann, ruft sie Hilfe.“

Lea schwang sich auf Welli. „Los, mein Süßer!“

Welli zögerte, doch Lea trieb ihn energisch an. „Komm, Welli! Unsere Hilfe wird gebraucht!“ Da gab er sich einen Ruck und setzte sich in Bewegung.

Team Ponyglück im Rettungseinsatz!

Lia blickte ihnen noch einen Augenblick nach. Dann holte sie tief Luft. „Kommt, ihr beiden!“, sagte sie zu Alfi und dem grauen Pony. „Machen wir uns auf den Weg.“

➧ *Willst du wissen, wie es mit Lia weiterging? Dann lies weiter auf Seite 35. Was Lea inzwischen erlebt hat, erfährst du ab Seite 28.*

PONYRÄTSEL

Wie heißt das graue Pony? Schau dir die Hufspuren genau an und schreibe den Namen unten auf.
Auf Seite 126–127 findest du die Lösung.

Name: _ _ _ _

? ?

FRAGERUNDE

Jede*r muss mal schnelle Entscheidungen treffen. Was würdest du eher tun? Nicht antworten gilt nicht. Du musst dich entscheiden! Rechts siehst du die Entscheidungen von Lia und Lea. ☺

1. **Reiten oder radeln?**
2. **Helfen oder Hilfe rufen?**
3. **Anpacken oder trösten?**
4. **Flüstern oder schreien?**
5. **Zittern oder heulen?**
6. **Kleidung oder Sattelzeug opfern?**
7. **Ohne Sattel oder ohne Zaumzeug reiten?**
8. **Ohne Helm oder lieber gar nicht reiten?**
9. **Durch einen Fluss waten oder eine Brücke suchen?**
10. **Steil bergauf oder bergab reiten?**
11. **Über eine Hecke oder einen Holzstoß springen?**
12. **Dein Pony oder dein Handy verleihen?**

? ?

Das sind die Entscheidungen
von Lia und Lea!

Lia

1. Reiten
2. Helfen
3. Anpacken
4. Flüstern
5. Zittern
6. Kleidung
7. Ohne Sattel
8. Ohne Helm
9. Brücke
10. bergauf
11. Holzstoß
12. Handy

Lea

1. Reiten
2. Hilfe rufen
3. Trösten
4. Schreien
5. Heulen
6. Sattelzeug
7. Ohne Sattel
8. Ohne Helm
9. Fluss
10. bergauf
11. Hecke
12. Pony

EINE KNIFFLIGE SUCHE

„Hallo?“, rief Lea. „Ist da jemand?“

Sie lenkte Welli zu dem Gebüsch, aus dem das Pony gekommen war. Das Holzschild am Waldrand ließ sie links liegen. Der Rätsel-Ritt war jetzt nicht mehr wichtig. Hauptsache, sie fanden die Reiterin des Ponys!

Lea lauschte ins Dickicht. Aber außer dem Zwitschern der Vögel und dem Rascheln der Blätter im Wind war nichts zu hören. Langsam ritt sie an dem Gestrüpp entlang. Bald fand sie die Stelle, an der das Pony herausgekommen war.

„Hier müssen wir rein“, stellte Lea fest und lenkte Welli ins Dickicht.

Natürlich wusste sie, dass man nicht mitten durch den Wald reiten darf. Aber wie sonst sollten sie die vermisste Reiterin finden?

Das ist ein Notfall!

Lea

„Am besten folgen wir den Spuren des Ponys“, sagte Lea halb zu sich selbst und halb zu Welli. „Mit etwas Glück stoßen wir dann bald auf das Mädchen.“

Vor ihnen huschte ein Eichhörnchen durchs Laub und kletterte auf einen Baum. Zweige und Baumzapfen knackten unter Wellis Hufen. Goldene Sonnenstrahlen fielen durch die Baumkronen und malten helle Kringel auf den Boden. Aber Lea hatte nur Augen für die Ponyspuren. Geknickte Zweige und platt gedrückte Brennnesseln verrieten, wo das Pony entlanggelaufen war. Welli zwängte sich zwischen dicht stehenden Sträuchern und Bäumen hindurch. Lea duckte sich unter tiefhängenden Zweigen. Immer wieder verhakten sich dornige Brombeerranken in ihrer Kleidung. Aber sie merkte es kaum. Das Einzige, was zählte, war das vermisste Mädchen.

Plötzlich wieherte Welli und drängte vorwärts. Lea sah sich um. Was hatte er bemerkt? Ein paar Schritte weiter hörte sie es auch: Hufgetrappel und fröhliche Stimmen hallten durch den Wald. Leas Herz schlug schneller. Bestimmt war da ein Team des Rätsel-Ritts unterwegs!

Juhu, Verstärkung!

Lea

Lea trieb Welli an, und er stapfte eifrig weiter. Doch im Dickicht kamen sie nur langsam voran. Als sie kurz darauf auf einen festen Waldweg stießen, war weit und breit niemand mehr zu sehen.

„Hallo!", rief Lea in beide Richtungen. „Haaallooo!"

Wellis Ohren zuckten. Aber rundherum blieb es still.

„So was Blödes!" Lea wuschelte durch Wellis Mähne. „Die Reiterinnen, die wir gehört haben, sind schon weg."

Viel schlimmer war aber, dass Lea auch die Spuren des grauen Ponys verloren hatte. Sie ritt auf dem befestigten Weg ein bisschen hin und her. Auf dem Boden hatten Fahrradreifen, Schuhsohlen und Hundepfoten ihre Spuren hinterlassen. Ab und zu waren auch einzelne Hufabdrücke zu sehen, aber Lea konnte keine zusammenhängende Spur erkennen.

Ratlos sah Lea sich um. Wie sollte sie nur das vermisste Mädchen finden?

„Hier kommen wir nicht weiter“, stellte Lea fest. „Los, Welli! Wir müssen zurück zum Waldrand und den Spuren von vorne folgen.“

Aber wo waren sie noch mal auf den festen Weg gestoßen? Suchend ritt Lea herum. An den Wegrändern wucherten überall wilde Dornen und Sträucher. Alles sah gleich aus. Irgendwo mussten doch die Zweige und das Laub zertrampelt sein! Doch Lea konnte die Stelle nicht finden.

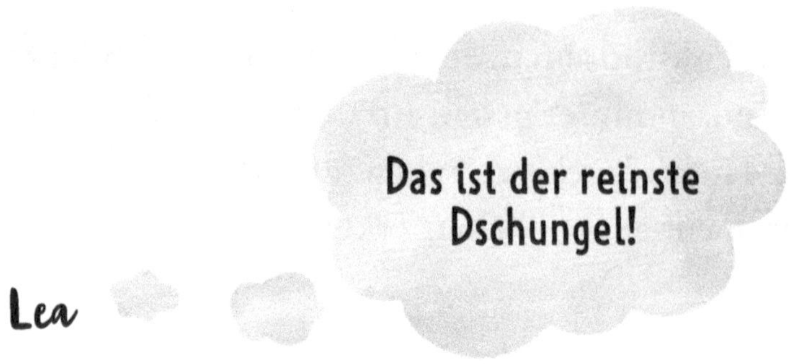

„So ein Mist!“, ärgerte sich Lea. „Wir haben uns verlaufen.“

Nach einer Weile entdeckte sie am Wegrand ein paar zerzauste Sträucher. „Vielleicht war es hier?“, überlegte Lea. „Komm, Welli – wir versuchen es.“

Sie steuerte ihr Pony ins Dickicht. Hoffentlich war das die richtige Richtung!

Lea und Welli folgten einer schmalen Schneise durchs Gestrüpp. Dann lichteten sich vor ihnen die Bäume, und sie kamen in ein helles Birkenwäldchen. Hoch und schmal ragten weiße Birkenstämme aus dem lockeren Sandboden.

Staunend sah Lea sich um. „Hier ist es wunderschön“, stellte sie fest. „Aber ich fürchte, wir kommen immer mehr vom Weg ab.“

Vor einem Abhang blieb Welli stehen. Er verstand zwar nicht, was Lea sagte. Aber er spürte, dass sie sich

Sorgen machte. Welli drehte den Kopf nach hinten und stupste sie aufmunternd an.

„Du bist süß“, sagte Lea. „Danke, ich fühle mich direkt besser!“

Plötzlich spitzte Welli die Ohren und lauschte.

Leas Herz klopfte schneller. „Was ist los?“, fragte sie.

Wenn Welli sich so benahm, hatte er etwas entdeckt. Aber was?

➧ *Willst du wissen, wie es mit Lea weiterging? Dann lies auf Seite 44 weiter. Was Lia inzwischen erlebt hat, erfährst du ab Seite 35.*

WO GEHT'S LANG?

Hilf deinem Pferd, den Weg zum Stall zu finden! Sammle dabei alles ein, was du zum Striegeln, Hufe-Auskratzen usw. benötigst. Auf Seite 126-127 findest du die Lösung.

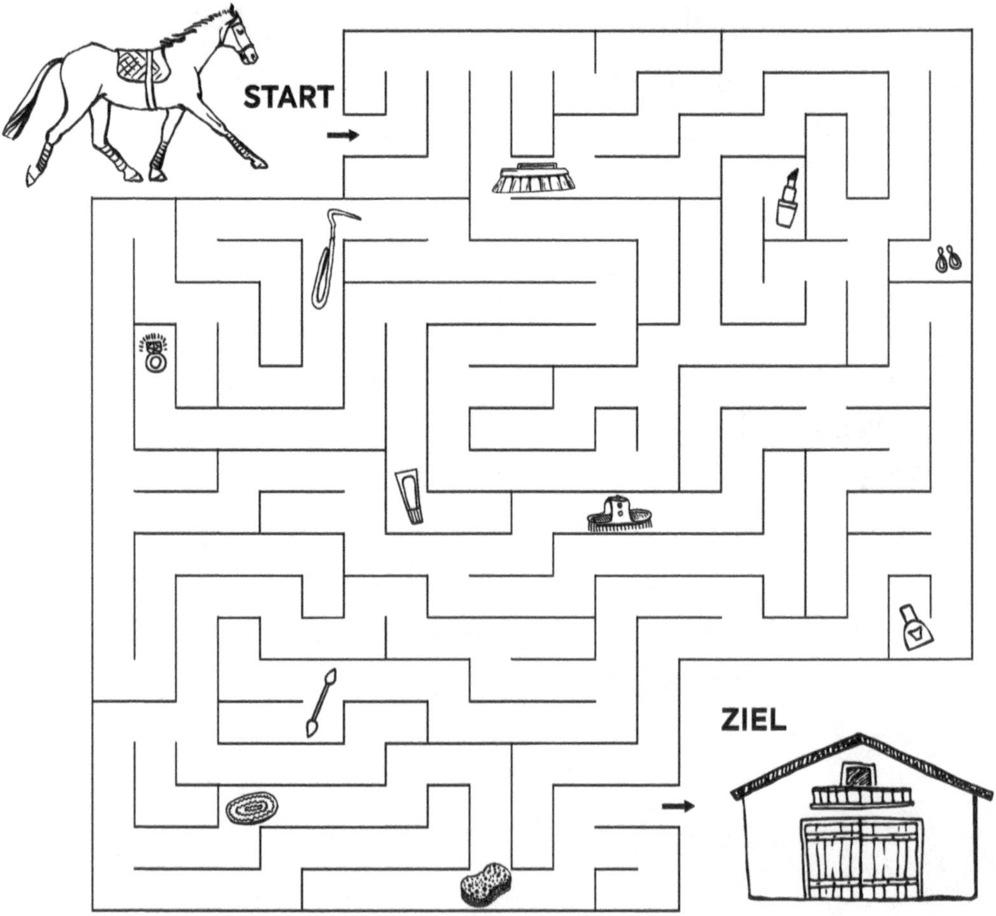

PONY IN NOT

„Na, Kleiner – schaffst du noch ein Stück?“ Behutsam lockte Lia das graue Pony vorwärts.

Es machte keinen guten Eindruck. Wenn Lia nicht alles täuschte, lahmte der Kleine immer stärker. Das verletzte Bein war heiß, und als Lia es mit der Hand befühlte, zog das Pony es weg. Das zeigte, dass es Schmerzen hatte.

„Wir haben leider keine andere Wahl“, sagte Lia und schnalzte aufmunternd.

Als sie am Zügel zupfte, entdeckte Lia am Zaumzeug des Ponys einen Anhänger. Darauf stand sein Name: Balu.

„Jetzt weiß ich wenigstens, wie du heißt“, meinte sie. „Komm, Balu – wir müssen weiter.“

Hoffentlich wurde die Verletzung durch die Bewegung nicht schlimmer. Aber was sollte Lia sonst tun? Sie konnte das Pony ja nicht tragen oder einen Transporter herbeizaubern.

Immer wieder überlegte Lia, ob sie dem Pony das Weiterlaufen ersparen und einfach auf Hilfe warten sollte. Aber es konnte ewig dauern, bis man sie fand. Also führte sie das Pony und Alfi im Schneckentempo die Feldwege entlang. Wenn Balu zu langsam wurde, stupste Alfi ihn freundlich mit dem Maul an.

Danke, Alfi! Lia

Lia streichelte Alfi am Hals. Es tat gut, dass er bei ihr war.

Aber das Pony blieb immer wieder stehen. Dem Kleinen ging es wirklich nicht gut. Mit hängendem Kopf stand er da und entlastete das verletzte Bein. Seine Ohren waren zur Seite geklappt, Maul und Nüstern angespannt.

Der Anblick schnürte Lia die Kehle zu. Sie dachte nach. Lia hatte nach wie vor keinen Empfang, und es war weit und breit keine Rettung in Sicht. Vielleicht konnte sie das Pony irgendwo anbinden und mit Alfi schnell zum Birkenhof reiten, um Hilfe zu holen?

Gerade als Lia über diesen Plan nachdachte, wieherte Balu kläglich und sah Alfi mit großen Augen an. Alfi hielt den Kopf über Balus Hals, als wollte er den Kleinen beschützen.

Wie süß, Alfi tröstet Balu! ♡

Lia

„Okay, ich hab verstanden“, sagte Lia. „Wir können den Kleinen nicht allein lassen.“

Wie in Zeitlupe bewegten sie sich in Richtung Birkenhof. Lia sah sich nach allen Seiten um. Irgendwo musste es doch Menschen geben, die sie ansprechen und um Hilfe bitten konnte!

Doch vor ihr lagen nur Wiesen und Felder. Einige Wege schlängelten sich durch die Landschaft. Hinter ihr dehnte sich der Wald aus, und auf ihrer linken Seite plätscherte ein Bach dahin. Rechts konnte Lia nicht weit blicken, weil eine Baumgruppe die Sicht versperrte.

Lia überlegte gerade, ob sie von einer Anhöhe aus wohl eine Ortschaft sehen konnte, als sie am anderen Bachufer zwei Fahrradfahrer entdeckte. Schnell nahm Lia die Zügel beider Ponys in eine Hand und winkte.

„Hallo!“, rief sie laut. „Können Sie mir bitte helfen?“

Doch der Wind trug ihre Worte davon. Einer der Männer hob den Arm und winkte zurück. Dann verschwanden die Radfahrer hinter der nächsten Flussbiegung.

„Neeiiiin!“, stöhnte Lia. „Wie blöd ist das denn? Die dachten, ich winke einfach nur zum Spaß.“

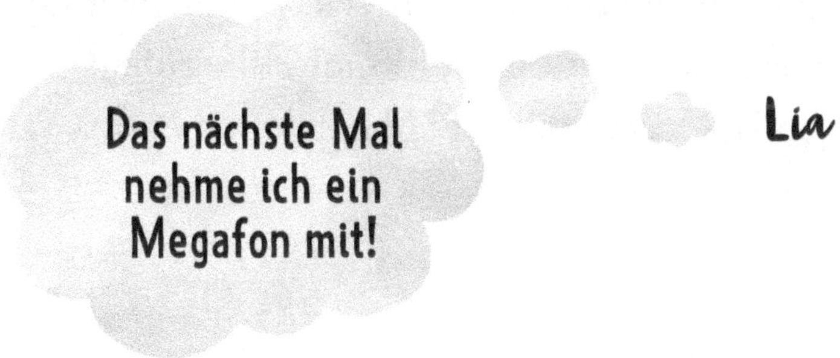

Alfi stupste sie aufmunternd an.

„Du hast recht, Alfi“, sagte Lia. „So schnell geben wir nicht auf. Also kommt, ihr zwei. Weiter geht’s!“

Kurz darauf hörte Lia einen Hund bellen. Die Ponys spitzten die Ohren. Lia sah sich um. Wo ein Hund war, da konnten auch Menschen nicht weit sein. Aber woher kam das Gebell?

Sie hielt ganz still und lauschte.

Es dauerte eine Weile, bis das Bellen wieder ertönte. Diesmal war Lia fast sicher, dass es von der anderen Seite der Baumgruppe kam.

„Los, ihr beiden“, sagte sie zu den Ponys. „Wenn wir Glück haben, ist die Rettung ganz nah.“

Alfi setzte sich bereitwillig in Bewegung. Auch Balu humpelte los. Lia lief mit den beiden um die Bäume herum. Und wirklich: Hinter der Baumgruppe kam ein Bauernhof zum Vorschein! Lias Herz hüpfte vor Freude. Von hier aus konnte sie bestimmt Hilfe rufen!

„Na also!“, sagte sie. „Bald haben wir es geschafft.“

➧ *Willst du wissen, wie es mit Lia weiterging? Dann lies auf Seite 52 weiter. Was Lea inzwischen erlebt hat, erfährst du ab Seite 44.*

? ?

KLEINES PFERDEQUIZ

1. Welches Verhalten deutet bei Pferden auf Schmerzen hin?

O Teilnahmslosigkeit **U** Heißhunger

2. Wie sieht ein Pferdegesicht bei Schmerzen aus?

J locker **Y** angespannt

3. Was machen kranke und verletzte Pferde nur selten?

L stöhnen und schreien **M** ruhen und liegen

4. In welcher Gangart kann man Lahmheiten am besten erkennen?

D Schritt **B** Trab

Lösungswort:

P _ N _ _ I E _ E

1. 2. 3. 4.

Auf Seite 126-127 findest du die Lösung.

? ?

FRAGERUNDE

Wie würdest du dich in einer ähnlichen Situation verhalten? Schnapp dir einen Stift und schätze dich selbst ein – von 1 (ganz schwach) bis 10 (superstark). Rechts steht, wie es bei Lia und Lea aussieht. In welchen Punkten seid ihr euch ähnlich, in welchen nicht?

1. Wie hilfsbereit bist du?	1 2 3 4 5 6 7 8 9 10
2. Wie schätzt du dein Selbstbewusstsein ein?	1 2 3 4 5 6 7 8 9 10
3. Wie gut kannst du im Team arbeiten?	1 2 3 4 5 6 7 8 9 10
4. Wie viel Geduld hast du?	1 2 3 4 5 6 7 8 9 10
5. Wie einfühlsam bist du?	1 2 3 4 5 6 7 8 9 10
6. Wie viel Mut hast du?	1 2 3 4 5 6 7 8 9 10
7. Wie steht's um dein Durchhaltevermögen?	1 2 3 4 5 6 7 8 9 10
8. Wie leicht fallen dir gute Ideen ein?	1 2 3 4 5 6 7 8 9 10
9. Wie viel Humor hast du?	1 2 3 4 5 6 7 8 9 10
10. Wie ehrgeizig bist du?	1 2 3 4 5 6 7 8 9 10

11. **Wie gut ist dein Orientierungssinn?** 1 2 3 4 5 6 7 8 9 10

12. **Wie optimistisch bist du?** 1 2 3 4 5 6 7 8 9 10

Hier sind die Antworten von Lia und Lea!

1. 1 2 3 4 5 6 7 8 9 (10)
Lia & Lea

2. 1 2 3 4 5 (6) 7 (8) 9 10
Lia Lea

3. 1 2 3 4 5 6 (7) 8 (9) 10
Lia Lea

4. 1 2 3 4 5 (6) 7 (8) 9 10
Lea Lia

5. 1 2 3 4 5 6 7 8 (9) 10
Lia & Lea

6. 1 2 3 4 5 6 7 (8) 9 (10)
Lea Lia

7. 1 2 3 4 5 6 (7) 8 (9) 10
Lea Lia

8. 1 2 3 4 5 (6) 7 8 9 (10)
Lia Lea

9. 1 2 3 4 5 6 (7) 8 (9) 10
Lia Lea

10. 1 2 3 4 5 6 (7) 8 9 (10)
Lea Lia

11. 1 2 3 4 5 6 7 (8) (9) 10
Lia Lea

12. 1 2 3 4 5 6 7 8 (9) (10)
Lia Lea

IN LETZTER SEKUNDE

Auf einmal hörte Lea ein seltsames Geräusch. Noch bevor ihr klar wurde, was das Knirschen bedeutete, warf Welli sich herum. Bei der schnellen Wendung rutschten ihm beinahe die Hufe weg, aber mit einigen großen Sätzen brachte er sich und Lea in Sicherheit.

Was ist denn jetzt los?

Lea

„Hoo, mein Süßer!“ Lea nahm die Zügel an und parierte Welli durch. Ihr Herz klopfte bis zum Hals.

Welli hielt zwar an, aber er war von Kopf bis Huf in Alarmbereitschaft. Jede Faser seines Körpers war angespannt. Als Lea ihn wendete, stieß er ein lautes Schnorcheln aus. Argwöhnisch starrte er zu dem Abhang hinüber.

Lea schluckte. Dort, wo sie eben noch gestanden hatten, war ein großes Stück Erde abgerutscht und in der Tiefe verschwunden.

Das war knapp!

Lea

„Wenn ich dich nicht hätte!", sagte Lea zu Welli. Mit zittrigen Händen kraulte sie ihn am Mähnenkamm. „Gut, dass du so schnell reagiert hast."

Sie spürte, wie er sich allmählich wieder entspannte.

„Lass uns umdrehen", meinte Lea. „Hier kommen wir nicht weiter."

In diesem Augenblick hörte sie etwas. War das ein Tierlaut, oder hatte da ein Mensch gerufen?

„Psst, sei mal leise!" Lea lauschte.

Welli stand ganz still und rührte sich nicht. Die Vögel zwitscherten. Aus der Ferne drang das Rauschen von Windrädern herüber. Sonst war nichts zu hören.

Ratlos sah Lea sich um. Hatte sie sich das Geräusch nur eingebildet?

Da war es wieder! „Haaallo!", rief eine helle Stimme. Diesmal war der Ruf klar zu verstehen.

Aber woher kam die Stimme?

Lea

Gibt's hier Wald-
geister?

„Hallo!“, rief Lea zurück. „Ich kann dich hören, aber nicht sehen!“

„Ich bin hier unten in der Schlucht!“, schallte es zurück. „Ich hatte einen Unfall und komme hier nicht mehr raus.“

Lea holte tief Luft. Das musste die gestürzte Reiterin sein!

„Ich helfe dir!“, rief Lea laut, obwohl sie noch keine Idee hatte, wie sie das anstellen sollte.

Lea sprang von Welli und öffnete die Zügelschnallen. Da sie kein Halfter dabeihatte, musste sie ihr Pony mit Zaumzeug festbinden. Eilig befestigte Lea ein Ende des Zügels am Nasenriemen und das andere an einem Ast. So war Welli zwar nicht sicher angebunden, aber zumindest waren die Zügel jetzt nicht mehr mit dem Trensengebiss verbunden. Bei einem Ruck am Zügel würde Welli sich nicht im Maul verletzen.

„Bleib schön hier stehen“, schärfte Lea ihm ein. „Ich bin gleich zurück.“

Vorsichtig ging Lea näher an den Abgrund heran. Der Boden konnte jederzeit wieder wegrutschen. Schritt für Schritt wagte sie sich vorwärts. Am Rand des Abhangs kniete Lea sich hin und hielt sich mit den Händen an einem Strauch fest.

„Wo bist du?“, rief sie und beugte sich über die Kante.

„Hier unten!“ Auf einem Felsvorsprung kauerte ein Mädchen in Reitkleidung und winkte zu Lea hinauf. „Ich habe mir am Bein wehgetan, und der Hang ist so steil“, rief das Mädchen. „Ich schaffe es nicht nach oben.“

Lea überlegte. Wenn sie Hilfe holte, konnte das lange dauern. Außerdem war sie nicht sicher, ob sie die Stelle jemals wiederfinden würde.

Sie könnte sich zwar nach unten hangeln, aber alleine bekam sie das Mädchen auf keinen Fall nach oben. Und mit Welli hinunterzuklettern, war viel zu gefährlich. Was also tun?

„Bleib ganz ruhig!“, rief sie dem Mädchen zu. „Ich helfe dir, so schnell ich kann!“

Geistesblitz, bitte melden!

Lea

Vorsichtig zog Lea sich vom Abhang zurück und lief zu Welli, der ein bisschen gedöst hatte. Nachdenklich betrachtete Lea seine Ausrüstung. Wenn sie die Steigbügelriemen miteinander verband, konnte sich das Mädchen vielleicht daran hochziehen.

Lea zog die Riemen von Wellis Sattel, fädelte die Steigbügel heraus und schnallte beide Riemen aneinander. Aber ob das ausreichte?

Ist das genial oder totaler Quatsch?

Lea

Mit den Riemen lief Lea wieder zu dem Abhang.

„Ich habe was gebastelt!“, rief sie und ließ die Riemen hinunter. „Schau mal, ob du drankommst!“

Aber keine Chance! So sehr das Mädchen sich auch streckte – zwischen ihr und den Riemen klaffte eine riesige Lücke.

„Tut mir leid“, sagte Lea. „Ich muss mir was anderes überlegen.“

Das Mädchen rief: „Du könntest das Lasso von der Station mit dem Steckenpferd nehmen!“

Ich versteh nur Bahnhof!

Lea

„Welches Lasso?“, fragte Lea. „Bei der Station waren wir noch nicht.“

„Das war unsere letzte Aufgabe, bevor Balu und ich gestürzt sind“, erklärte das Mädchen. „Die Station ist gleich dort drüben beim Hochsitz.“

Als sie mit dem Arm nach oben deutete, bröckelte unter ihr das Gestein.

Vor Schreck blieb Lea fast das Herz stehen. Sie durften keine Zeit verlieren!

Lea blickte in die Richtung, in die das Mädchen gezeigt hatte. Ein ganzes Stück entfernt entdeckte sie am Rand der Schlucht einen Hochsitz.

„Alles klar!“, rief Lea. „Ich komme gleich zurück. Am besten bewegst du dich solange nicht vom Fleck!“

Eilig hastete sie zu Welli. Mit fliegenden Fingern befestigte Lea die Steigbügel wieder am Sattel und schnallte die Zügel richtig ein.

„Los geht’s, mein Süßer“, sagte Lea, während sie sich in den Sattel schwang. „Jetzt zählt jede Sekunde!“

➧ *Willst du wissen, wie es mit Lea weiterging? Dann lies auf Seite 61 weiter. Was Lia inzwischen erlebt hat, erfährst du ab Seite 52.*

? ?

PONYRÄTSEL

Fülle die Gitter und schreibe die Wörter darunter.
Pro Zeile, Spalte und schwarz umrandetem Rechteck darf jede Silbe nur einmal vorkommen.
Die Lösung findest du auf Seite 126–127.

? ?

TREN			
		SEN	
	GE		BISS

Lösungswort: _ _ _ _ _ _ _ _ _ _ _ _ _ _ _

			NA
	RIE		
		SEN	
MEN			

Lösungswort: _ _ _ _ _ _ _ _ _ _ _ _ _ _

ALLEIN UNTER VIERBEINERN

Lia hatte mit Alfi und Balu inzwischen den Hof am Waldrand erreicht. Es war ein Bauernhof mit Wohnhaus und mehreren Stallgebäuden. Neben der Hofeinfahrt stapelten sich Rundballen aus Heu und Stroh unter großen Planen. Als Lia die Ponys daran vorbeiführen wollte, rammte Balu die Hufe in den Boden. Argwöhnisch blickte er auf die flatternden Planen.

„Komm schon", lockte Lia. „Du brauchst keine Angst zu haben."

Aber das Pony wich ängstlich zurück.

Oje, der Kleine sieht Gespenster!

Lia

„Die Planen sehen wirklich gruselig aus", sagte Lia. „Aber pass mal auf, Kleiner! Alfi macht dir vor, dass die Dinger nicht beißen."

Sie ließ Alfis Zügel etwas länger und schnalzte mit der Zunge. Alfi stapfte weiter, aber Balu traute sich immer noch nicht. Erst als Alfi leise wieherte, gab Balu sich einen Ruck. Mit einem riesigen Satz schoss er an den Ballen vorbei.

Ui, der springt ja wie ein Flummi!

Lia

„Gut gemacht!“, lobte Lia beide Ponys. „Und jetzt finden wir jemanden, der für uns Hilfe rufen kann.“

In diesem Augenblick kam ein großer Hund um die Hausecke. Laut bellend lief er auf sie zu.

„Brrrr“, sagte Lia und ließ die Ponys anhalten. Hoffentlich erschrak Balu nicht wieder!

Aber das Pony schien an Hunde gewöhnt zu sein. Es hielt ganz still, während der Hund die Besucher umrundete.

„Du bist ein super Aufpasser“, lobte Lia den Hund.

„Ganz toll beschützt du euren Hof. Wir sind hier, weil wir Hilfe brauchen.“ Dabei sah sie sich in alle Richtungen um. Aber trotz des Gebells ließ sich kein menschlicher Bewohner blicken.

Der Hund schnupperte noch ein bisschen an Lia und den Ponys. Dann trottete er davon und legte sich neben dem offenen Stalltor in den Schatten.

Puh, er hält uns nicht für Einbrecher!

Lia

„Kommt, ihr zwei“, sagte Lia und führte die Ponys zum Wohnhaus hinüber.

Als sie auf die Klingel drückte, hallte ein lauter Gong über den Hof. Der Hund blickte wachsam herüber, stand aber nicht auf.

Lia knabberte nervös an ihrer Lippe. Wieso öffnete denn keiner?

Während Lia wartete, betrachtete sie Balu. Sobald er stand, winkelte er das verletzte Bein an, sodass kein Gewicht darauf lastete.

„Du musst nicht mehr lange durchhalten“, sagte sie. „Bald kommen deine Menschen und holen dich ab.“

Das hoffte Lia jedenfalls. Aber auch als sie ein zweites und ein drittes Mal klingelte, rührte sich nichts.

Niemand zu Hause!

Alfi begann sich zu langweilen und rupfte einen Zweig von einem Himbeerstrauch ab.

„Die Beeren gehören uns nicht, Alfi“, schimpfte Lia leise. „Außerdem piekst das doch im Maul. Bist du sicher, dass das stachelige Zeug schmeckt?“

Die Antwort war ein klares Ja. Genüsslich kaute Alfi auf dem Zweig herum. Balu stand reglos daneben. Sein Blick war nach innen gekehrt, und er atmete schwer.

Der arme Kleine!

Lia

„Vielleicht finden wir im Stall jemanden“, meinte Lia und ließ die Ponys umdrehen.

Die Wendung tat Balu sichtlich weh. Mühsam humpelte er einige Schritte und blieb wieder stehen. Bei seinem Anblick hätte Lia heulen können.

„Hoffentlich hat die Quälerei bald ein Ende“, sagte sie leise.

Das Pony rieb seine Nase an ihrem Arm. Dann setzte es sich wieder in Bewegung und humpelte neben Alfi her.

„Hallo?“, rief Lia in den offenen Kuhstall.

Drinnen lagen überall Kühe im Stroh. Einige hoben die Köpfe und muhten. Andere standen dösend herum oder schubberten sich an großen Bürsten das Fell.

Der Hund stand auf und strich um Lias Beine.

Lia seufzte. „Ich wünschte, du könntest sprechen“, sagte sie zu ihm. „Bestimmt weißt du, wo deine Menschen sind und wann sie wiederkommen.“

Der Hund bellte zustimmend und legte sich wieder auf den Boden.

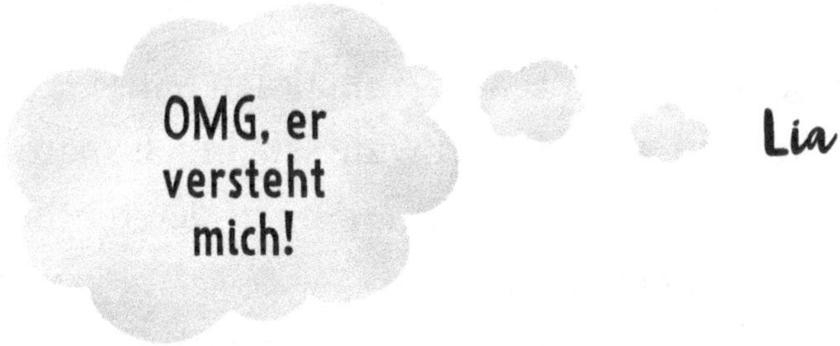

Lia hockte sich vor dem Kuhstall auf eine Mauer. Sie konnte eine kleine Pause gut gebrauchen. Während die Ponys im Stehen dösten, überlegte Lia. Auf einem Hof mit Tieren konnte es eigentlich nicht lange dauern, bis jemand kam. Die Kühe mussten ja gefüttert und gemolken werden. Wahrscheinlich war es das Klügste, einfach hier zu warten.

„Wisst ihr was?“, sagte Lia zu den Ponys. „Wir bleiben hier, bis jemand kommt.“

Ich rühr mich nicht
mehr vom Fleck!

Lia

Sie beschloss, Balu schon einmal den Sattel abzunehmen. Auf Alfi würde sie ja wahrscheinlich später noch reiten, aber Balu konnte mit dem verletzten Bein auf keinen Fall belastet werden.

Gerade als sie Balus Sattel über die Mauer hängte, vibrierte in Lias Hosentasche das Handy. Eilig zog sie es heraus. Juhu, ihre Nachrichten wurden versendet!

Lia: Bin mit einem verletzten Pony unterwegs und brauche dringend Hilfe!

Aber ihre Freude legte sich bald wieder. Denn weder Paula vom Birkenhof noch Lias Mutter schienen die Nachrichten zu erhalten.

Vielleicht klappte Telefonieren besser? Lia rief beim Reiterhof an. Während die Verbindung aufgebaut wurde, wanderten ihre Gedanken zu Lea.

Ob sie Balus Reiterin wohl gefunden hatte? Hoffentlich war es kein schlechtes Zeichen, dass Lea nicht schrieb!

➧ *Willst du wissen, wie es mit Lia weiterging? Dann lies auf Seite 70 weiter. Was Lea inzwischen erlebt hat, erfährst du ab Seite 61.*

? ?

PONYRÄTSEL

Welche Körperteile sind bei einem stehenden Pferd in natürlicher Haltung wo? Wenn du die Begriffe nach ihrer Lage am Körper von vorne nach hinten ordnest, ergibt sich das Lösungswort.

R Hüfte
T Schweif
S Maul
U Lende
T Ganasche
L Widerrist
A Auge
G Sattellage
E Vorderfußwurzelgelenk
T Brust

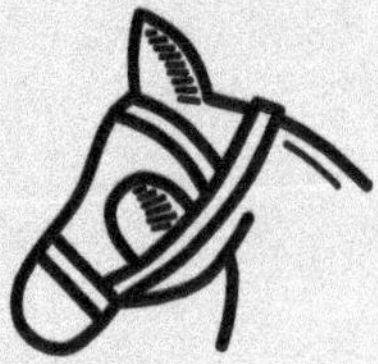

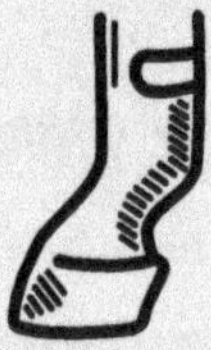

Lösungswort:

_ _ _ _ _ _ _ _ _ _

Auf Seite 126-127 findest du die Lösung.

? ?

RISKANTE RETTUNG

Im flotten Trab steuerten Lea und Welli auf den Hochsitz zu. Dort mussten sie nicht lange suchen. An einem Pfosten hing ein Lasso. Ein Schild daneben erklärte die Aufgabe.

AUF IN DEN WILDEN WESTEN!
Schnappt euch das Seil, reitet hinter den Balken und werft das Lasso vom Sattel aus. Schafft ihr es, mit der Schlinge den Kopf des Steckenpferdes zu treffen? Während eine*r von euch wirft, filmt der oder die andere. Danach tauscht ihr. Bitte nicht schummeln, jede*r hat nur einen Versuch! Die Videos braucht ihr am Ziel. Viel Glück!

Neben dem Schild lag ein Holzbalken auf dem Boden, der als Wurflinie diente. Einige Schritte weiter ragte ein Steckenpferd aus einem Strohballen.

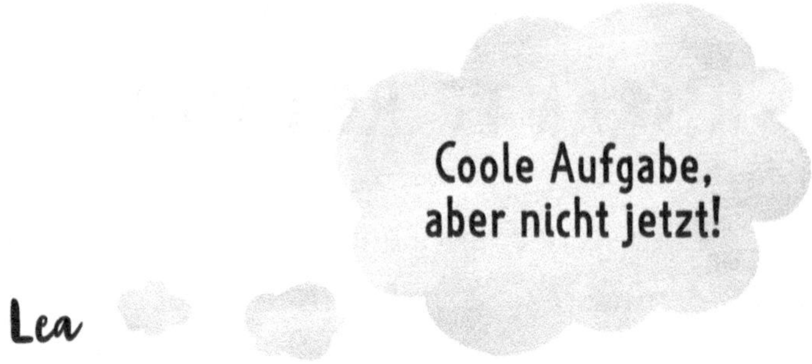

Lea schnappte sich das Lasso. Sie hätte gerne eine Nachricht hinterlassen für den Fall, dass noch Reiter*innen zu der Station kamen. Aber sie hatte nichts zu schreiben dabei. Sicher würden alle verstehen, dass sie das Seil für die gestürzte Reiterin mitgenommen hatte!

Mit dem Seil in der Hand ritt Lea zu der Stelle zurück, an der das Mädchen auf sie wartete. Hoffentlich war der Hang inzwischen nicht weiter abgerutscht!

Kurz darauf band Lea Welli wieder behelfsmäßig an einem Baum fest.

„Bitte schön hier stehen bleiben“, bat sie ihr Pony.

Welli knabberte an der Baumrinde. Er sah nicht so aus, als hätte er vor wegzulaufen. Aber man wusste ja nie.

Lea holte tief Luft. Dann ging sie mit dem Seil ganz nah an den Abgrund heran.

„Achtung, ich bin zurück!“, rief sie, während sie sich über die Kante beugte.

Das Mädchen hockte unverändert auf dem Felsbrocken. Es sah blass aus. Mit rot geweinten Augen blickte es zu Lea hoch.

„Alles wird gut!“, rief Lea ihr zu. „Pass auf, ich werfe dir jetzt das Seil zu. Vielleicht schaffst du es, dich daran hochzuziehen!“

„Alles klar“, sagte das Mädchen. „Ich versuche es!“

Bitte Daumen drücken!

Lea ließ ein Ende des Seils nach unten fallen. Das andere Ende schlang sie um einen Baumstamm und hielt es mit beiden Händen fest. Gut, dass sie Reithandschuhe trug! So konnte ihr das Lasso nicht so leicht durch die Hände rutschen.

Ein leichter Ruck am Seil verriet ihr, dass das Mädchen das untere Ende erwischt hatte.

„Du kannst dich jetzt hochziehen“, rief Lea. „Ich halte gegen!“

Sie spürte, wie sich das Seil straffte. Zum Glück haftete es an der rauen Baumrinde. So musste Lea nicht viel Kraft aufwenden, um das Seil zu halten.

Immer wieder gingen Rucke durch das Seil. Lea runzelte die Stirn. Warum dauerte das so lang? Von ihrem Standort aus konnte sie nicht sehen, was das Mädchen machte. Hoffentlich klappte alles!

Das Mädchen zog sich am Seil den steilen Abhang hinauf. Schnaufend schaffte sie es auf die ebene Fläche.

„Super!“, rief Lea erleichtert. Sie ließ das Seil los und lief zu dem Mädchen.

Die Arme sah mitgenommen aus. Ihre Hose war schmutzig, und an den Stiefeln klebte feuchtes Laub. Keuchend blieb sie auf dem Boden sitzen.

Leas Knie zitterten vor Aufregung, als sie bei der Verletzten in die Hocke ging.

„Danke, dass du mich gerettet hast“, sagte das Mädchen. „Ich dachte schon, ich muss für immer da unten versauern.“

„Was ist denn passiert?“, wollte Lea wissen.

„Mein Pony ist erschrocken, als ich das Lasso geschwungen habe“, berichtete das Mädchen. „Balu ist durchgegangen und mit mir irgendwo hingerannt. Am Rand von der Schlucht ist unter uns plötzlich der Boden weggerutscht.“ Bei der Erinnerung schauderte sie. „Balu ist gestürzt, und wir sind ein Stück den Abhang hinuntergerutscht. Dabei habe ich mir irgendwie das rechte Bein verdreht. Dann ist Balu wieder auf die Beine gekommen und ist nach oben geklettert.“ Sie schluckte. „Seitdem habe ich versucht, Hilfe zu rufen. Aber mit meinem Handy stimmt was nicht. Ich kann weder telefonieren noch Nachrichten verschicken.“

„Das liegt nicht an deinem Handy“, meinte Lea. „Uns geht's genauso. Hier ist die Verbindung einfach mies.“

Funklöcher müssten verboten werden!

Lea

Das Mädchen blickte von Lea zu Welli und wieder zurück.

„Sag mal, bist du zufällig Lea? Ich hab schon so viele Videos von dir gesehen.“

Lea nickte. „Ja, bin ich, und das hier ist Welli. Und wie heißt du?“

„Ich bin Anna“, sagte das Mädchen. „Tausend Dank für deine Hilfe! Das war voll mutig von dir. Der Boden hätte ja auch unter dir nachgeben können.“

„Das ist sogar passiert“, berichtete Lea. „Als wir die Schlucht entdeckt haben, bin ich mit Welli weggerutscht.“

„O nein!“, meinte Anna. „Ich hab nur gemerkt, dass ein Schwall Erde von oben kam. Deshalb habe ich auch gerufen, weil ich gehofft habe, dass da jemand ist.“

Lea grinste. „Dann hatte es ja was Gutes, dass Welli und ich den Schreck unseres Lebens bekommen haben.“ Sie stand auf und streckte Anna die Hand hin. „Wie schlimm ist es mit deinem Bein? Kannst du aufstehen?“

Na also!

Lea

„Ich probiere es“, sagte Anna und nahm Leas Hand. „Autsch!“, stöhnte sie. „Es tut wirklich sehr weh.“ Anna biss die Zähne zusammen. „Irgendwie muss es ja gehen“, meinte sie.

Mit Leas Hilfe kam Anna auf die Beine.

„Vielen Dank“, sagte Anna. „Es ist so lieb, dass du mir hilfst.“

„Das ist doch selbstverständlich“, fand Lea. „Wenn du es irgendwie auf Welli schaffst, kann ich dich zum Hof zurückführen.“

Auf Lea gestützt, humpelte Anna zu Welli.

„Hoffentlich bleibt er beim Aufsteigen stehen“, meinte Anna.

„Klar bleibt er stehen“, versicherte Lea und kraulte Wellis Stirn.

Welli rührte sich nicht vom Fleck, als Anna den linken Fuß in den Steigbügel steckte und das verletzte rechte Bein über seinen Rücken schwang. Dann saß sie sicher im Sattel.

Welli ist wie ein Fels in der Brandung!

Lea

Lea blickte zu Anna hoch. „Ich führe ihn jetzt ein paar Schritte“, kündigte sie an. „Das kann wehtun, weil dein Bein dabei bewegt wird.“

Anna holte tief Luft und nickte.

Sobald Lea am Zügel zupfte und losging, setzte sich auch Welli in Bewegung. Nach ein paar Metern hielt Lea ihn wieder an und blickte fragend zu Anna hoch.

„Und, geht es?“, fragte sie.

Anna nickte tapfer und streichelte Welli am Hals. „Mein Bein tut ganz schön weh“, berichtete sie. „Aber solange Welli im Schritt bleibt, kann ich es aushalten.“

„Sehr gut“, sagte Lea. „Dann müssen wir jetzt nur noch den Weg zum Birkenhof finden.“

Aber das war leichter gesagt als getan!

➧ *Willst du wissen, wie es mit Lea weiterging? Dann lies auf Seite 79 weiter. Was Lia inzwischen erlebt hat, erfährst du ab Seite 70.*

PONYRÄTSEL

Wie gut kennst du dich mit Pferdefarben aus? Findest du heraus, welche Fellfarbe gemeint ist?

- Deckhaar: beige bis cremefarben
- Mähne und Schweif: schwarz oder schwarz-weiß
- Aalstrich: ja

Farbe:

_ _ _ _ _

Auf Seite 126-127 findest du die Lösung.

SCHRECK LASS NACH!

„Hallollollollo“, schepperte eine Frauenstimme aus Lias Handy. „Wer issississ …?“ Der Rest des Satzes ging in einem unverständlichen Rauschen und Knacken unter.

Lia stöhnte leise. „Hier ist Lia Beckmann“, wiederholte sie zum mindestens zehnten Mal.

„Wiewiewiewie bittettettette? Ich verstehehehehehe nininininichts.“ Auch die Antwort kam nun schon zum x-ten Mal.

„Lia Beckmann!“, rief Lia, obwohl ihr klar war, dass die Verbindung durch Rufen nicht besser wurde.

Doch da war die Leitung schon wieder still.

Seufzend wählte Lia noch einmal. „Notfall!“, sagte sie diesmal, sobald jemand abgehoben hatte. „Wir brauchen einen Pferdetransporter zum Krähenweg!“

Den Standort hatte sie per Online-Mapping ermittelt.

Tut-tut-tut-tut, drang es aus dem Lautsprecher ihres Handys.

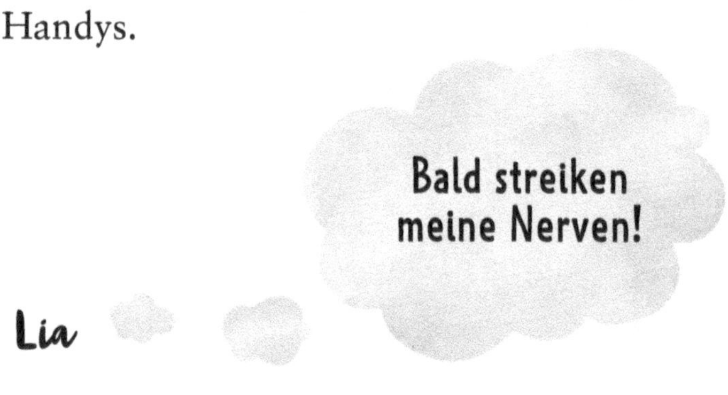

Ratlos steckte Lia das Handy wieder ein. Zu dumm, dass sie nicht wusste, ob ihr Notruf angekommen war oder nicht. Aber ihr blieb ohnehin nichts anderes übrig, als zu warten.

Die Sonne fiel schräg über das Stalldach. Ein paar Hühner pickten auf einer Wiese neben dem Stall herum. Zwei Spatzen badeten in einer Pfütze. Lia überlegte gerade, wie sie Balus verletztes Bein kühlen konnte, als ein lautes Motorengeräusch ertönte.

Die Ponys hoben die Köpfe. Lia sprang auf. Im gleichen Augenblick rauschte auch schon ein Traktor auf den Hof – geradewegs auf Lia und die Ponys zu. Vor Schreck blieb Lias Herz fast stehen.

Balu warf sich erschrocken herum. Lia versuchte, ihn noch festzuhalten, aber mit Alfis Zügeln in der anderen Hand hatte sie keine Chance. Um nicht mitgeschleift zu werden, musste sie loslassen. Panisch stürmte Balu über den Hof. Der Hund lief bellend hinterher.

Wie wär's zur Abwechslung mal mit Glück?

Lia

Lia holte tief Luft und blieb neben Alfi stehen. Alles andere hatte momentan keinen Sinn. Zum Glück ließ Alfi sich von Balus Angst nicht anstecken. Er sah dem Pony zwar nach und wieherte, blieb aber stehen.

Ponyfreunde!

Lia

Der Fahrer des Traktors hatte die Lage sofort erfasst. Er hielt an und stellte den Motor ab.

„Tut mir leid, dass ich euch erschreckt habe“, rief er, während er aus der Kabine kletterte. „Ich wusste ja nicht, dass wir Besuch haben.“

„Ich erkläre gleich alles“, gab Lia zurück. „Zuerst muss ich das Pony einfangen.“

Mit Alfi am Zügel lief Lia in die Richtung, in die Balu verschwunden war.

Als Lia und Alfi um die Hausecke bogen, sprang ihnen als Erstes der Hund entgegen. Vor Schreck hüpfte Alfi mit allen vieren in die Luft.

„Ist ja schon gut“, sagte Lia. Sie versuchte gleichzeitig, Alfi zu beruhigen und den aufgeregten Hund abzuwehren.

Ist das ein Hüpf-Wettbewerb?

Lia

Der Traktorfahrer rief den Hund zu sich.

Lia streichelte Alfi und hielt nach Balu Ausschau. Das Pony stand mit tiefem Kopf in einer Ecke des Gartens und rührte sich nicht vom Fleck.

„Komm, Alfi“, sagte Lia und führte ihn auf Balu zu.

Aus der Nähe konnte sie den Grund für Balus seltsame Haltung erkennen: Er stand mit einem Huf auf dem Zügel und konnte sich kaum rühren.

Klarer Fall von Selbstfesselung!

Lia

Ganz langsam ging Lia näher heran. Sie durfte Balu auf keinen Fall erschrecken. Wenn er sich jetzt bewegte, konnte er sich schlimm wehtun.

„Du bist so tapfer“, sagte Lia leise zu dem Kleinen. „So viel Aufregung an einem Tag!“

Das Pony äugte zu ihnen herüber und versuchte, den Kopf zu bewegen. Doch dabei bekam es einen Ruck ins Maul. Unsicher blieb es stehen.

Lia atmete hörbar aus. Je entspannter sie wirkte, desto eher würde das Pony sie heranlassen.

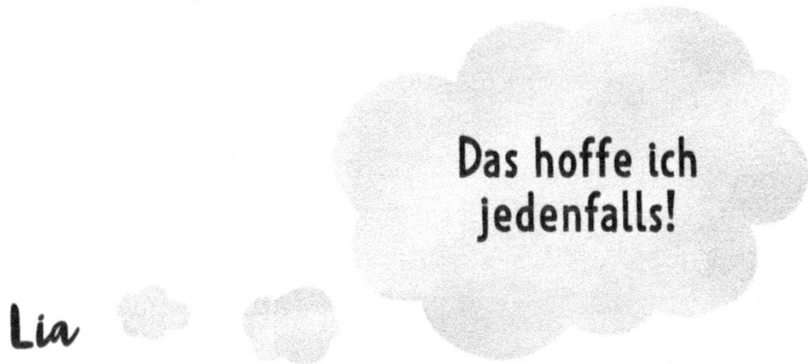

Immer wieder ruckte das Pony mit dem Kopf. Lia überlegte fieberhaft. Wie konnte sie Balu aus seiner Lage befreien, ohne dass er Angst bekam?

In diesem Moment kam Alfi ihr zur Hilfe und brummelte dem Pony freundlich zu. Balu lugte zu ihm. Wenn Lia nicht alles täuschte, entspannte er sich ein wenig.

„Super, Alfi!“, sagte sie leise. „Mach das noch mal!“

Es dauerte ein bisschen, aber dann ließ Alfi tatsächlich noch ein Brummeln hören.

Das Pony wieherte leise und kläglich zurück. Lia schluckte. Balu tat ihr so leid. Es musste sich grässlich anfühlen, mit Schmerzen irgendwo in der Fremde herumzustehen, wo man sich nicht auskannte. Gut, dass Alfi da war!

Zentimeter für Zentimeter schob Lia sich näher heran. Dann stand sie endlich neben Balu. Vorsichtig hob sie den Huf an und zog den Zügel heraus.

Pony-Befreiung gelungen!

„Puh, was für ein Stress!“, sagte Lia und streichelte das Pony. „Ich finde, wir sollten den aufregenden Teil des Tages jetzt beenden. Kommt, ihr zwei! Ab in den Hof!“

Ab jetzt wird nur noch gechillt!

Lia

➧ *Willst du wissen, wie es mit Lia weiterging? Dann lies auf Seite 84 weiter. Was Lea inzwischen erlebt hat, erfährst du ab Seite 79.*

PONYRÄTSEL

Welcher Instinkt lässt Pferde so leicht erschrecken? Wenn du die Buchstaben aus den Hufeisen richtig einfügst, findest du es heraus.

_ L U _ _ T I _ S _ _ N _ T

Die Lösung findest du auf Seite 126-127.

WELLI IM EINSATZ

„Wir müssen unbedingt mein Pony finden!“ Anna sah Lea flehend an. „Bitte, Lea! Ich mache mir solche Sorgen um Balu!“

Lea lächelte sie an. „Balu ist in den besten Händen“, versicherte sie. „Er ist uns am Waldrand begegnet. Lia hat ihn eingefangen und führt ihn jetzt zum Birkenhof zurück.“

„Echt, ihr habt Balu gefunden?“ Die Erleichterung war Anna anzusehen. „Geht's ihm gut? Ist ihm bei dem Sturz nichts passiert?“

Lea zögerte. „Ganz fit ist er nicht“, berichtete sie. „Er hat gelahmt, aber es sah nicht total dramatisch aus. Bestimmt wird er wieder gesund.“

Anna atmete auf. „Das ist das Wichtigste“, fand sie. „Es ist so lieb von euch, dass ihr für Balu und mich den Ritt sausen lasst.“

„Ist doch klar“, erwiderte Lea. „Ich fürchte nur, wir laufen in die falsche Richtung.“

Dieser Wald ist der reinste Irrgarten!

Lea

Anfangs war Anna ganz sicher gewesen, wo es langging. Von der Unfallstelle aus hatten sie den Birkenwald durchquert und waren dann in ein schattiges Waldstück mit riesigen Farnwedeln gekommen. Die Wege führten bergauf und bergab, unter knorrigen Eichen hindurch und über lichte Heideflächen. Es war ein wunderschöner, naturbelassener Wald, aber Lea und Anna hatten auf den verschlungenen Wegen längst die Orientierung verloren.

Immer wieder zog Lea ihr Handy heraus, aber sie bekam einfach keine Verbindung. Sie überlegte. Lea hatte schon so viel über den genialen Orientierungssinn von Pferden gehört. Vielleicht sollten sie einfach Welli entscheiden lassen, wo es langging?

„Was meinst du?“, fragte sie ihr Pony an der nächsten Kreuzung. „Geht es links oder rechts zu dem Hof, von dem wir gestartet sind?“

Welli wackelte mit den Ohren und bog zielstrebig nach rechts ab.

„Welli ist so toll“, fand Anna.

Und da war Lea natürlich ganz ihrer Meinung!

Aber ihre Begeisterung für Wellis Orientierungssinn legte sich bald. Denn das Pony steuerte auf einen Haselstrauch zu und rupfte hungrig Blätter ab.

„Also wirklich, Welli!“, schimpfte Lea liebevoll und zog ihn weiter. „Wir haben uns darauf verlassen, dass du uns den Weg zum Birkenhof zeigst.“

Welli nahm noch ein Maul voll Blätter als Proviant mit. Dann setzte er sich wieder in Bewegung.

„Eigentlich müsste Finn auch längst Alarm geschlagen haben“, überlegte Anna.

Lea sah sie fragend an. „Finn ist dein Teamkollege beim Rätsel-Ritt?“

„Ja, genau“, sagte Anna.

In diesem Moment stolperte Welli über eine Wurzel. Anna stieß einen Schmerzensschrei aus. Blass klammerte sie sich an Wellis Mähne.

Autsch, das tat weh!

Lea beschloss, die Unterhaltung auf später zu verschieben. Jetzt mussten sie erst einmal schauen, wie sie Hilfe für Anna bekamen.

Als sie weiterliefen, hörte Lea auf einmal ein Rauschen.

„Dahinten muss eine Straße sein“, jubelte sie. „Nichts wie hin!“

Kurz darauf erreichten sie eine stark befahrene Straße.

„Weißt du was?“, sagte Lea zu Anna. „Wir gehen jetzt einfach am Straßenrand entlang. Jede Landstraße führt irgendwann zu einem Dorf, oder? Und in jedem Ort wohnen Menschen, die uns helfen können.“

Anna nickte matt. Zusammengekauert hockte sie im Sattel.

Lea schaute ihr Pony an. „Komm, Welli“, sagte sie leise. „Wir schaffen das! Und wenn wir zurück sind, bekommst du eine riesige Portion Futter und Wasser. Und Streicheleinheiten bis zum Abwinken.“

Welli sah sie aus seinen großen, dunklen Augen an und schnaubte. Ganz vorsichtig setzte er einen Huf vor den anderen. Bestimmt spürte er, dass dem Mädchen auf seinem Rücken jede Erschütterung wehtat.

Welli spielt Therapiepony! ♡

Lea

➧ *Willst du wissen, wie es mit Lea weiterging? Dann lies auf Seite 90 weiter. Was Lia inzwischen erlebt hat, erfährst du ab Seite 84.*

? ?

KLEINES PFERDEQUIZ

1. Wie oft brauchen Pferde freien Auslauf?

F jeden Tag **O** ab und zu

2. Was sollte jeder Pferdestall bieten?

B geschlossene Fenster **D** frische Luft

3. Wie fühlen sich Pferde am wohlsten?

M allein **W** mit Artgenossen

4. Was brauchen Pferde mehrmals am Tag?

G Training **D** Futter

Lösungswort:

P _ E R _ E _ E I _ E

1. 2. 3. 4.

Auf Seite 126–127 findest du die Lösung.

? ?

RÜCKKEHR IM GALOPP

„Los, Balu! Dein Taxi ist da!“, sagte Lia und zupfte am Führstrick.

Doch Balu blieb vor der Rampe des Pferdehängers stehen.

„Na komm schon!“ Vorsichtig hob Lia sein gesundes Vorderbein an und setzte den Huf auf die Rampe. Da gab sich das Pony einen Ruck und folgte Lia in den Hänger.

„Toll gemacht!“, lobte Lia überschwänglich, während Annas Vater hinter Balu die Stange einhängte.

Lia band Balu im Anhänger fest, und hinter ihm schloss sich die Klappe.

„Gute Fahrt, mein Kleiner“, sagte Lia. „Wir sehen uns gleich wieder!“

Als sie durch die Vordertür aus dem Hänger stieg, streckte Alfi ihr schon die Nase entgegen.

„Hey, mein Süßer“, sagte Lia. „Jetzt hab ich endlich wieder Zeit für dich.“

Alfi wieherte, als hätte er jedes Wort verstanden.

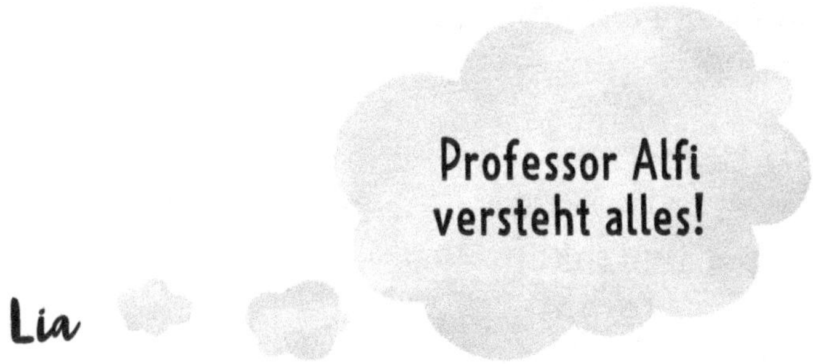

Bevor es losging, bedankte Lia sich bei dem Landwirt für seine Unterstützung. „Vielen Dank, dass Sie herumtelefoniert und Hilfe gerufen haben. Und dass Sie mich und die Ponys mit Essen und Trinken versorgt haben.“

„Das hab ich wirklich gern gemacht“, versicherte der Mann.

Vor dem Abschied knuddelte Lia noch den Hund. „Mach’s gut, du Süßer!“, sagte sie. „Und danke fürs Bellen! Ohne dich hätten wir den Hof nicht gefunden.“

Nach einem herzlichen Abschied machte Lia sich mit Alfi auf den Rückweg. Jetzt, wo sie auch schneller reiten konnte, war der Weg bis zum Birkenhof gar nicht weit.

Lias Blick wanderte über ein riesiges Stoppelfeld neben dem Feldweg. Die Aussicht auf einen kleinen Galopp war äußerst verlockend.

Kaum hatte sie den Gedanken gefasst, bog Alfi auch schon auf das Feld ab.

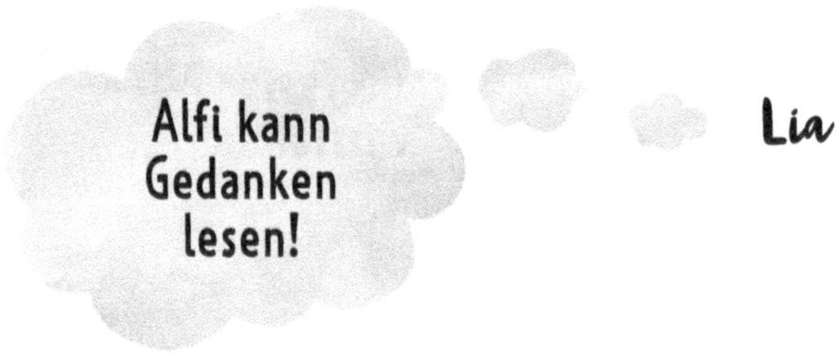

„Also los!“, rief Lia. Sie legte die Waden an seinen Bauch und neigte sich im Sattel nach vorne.
Unter ihr spannte ihr Pony die Muskeln an und schoss los. Alfi war wieder ganz der Alte! In der Zeit mit Balu

hatte er sich mustergültig brav benommen. Aber jetzt bekam er plötzlich unbändige Lust zu buckeln.

„Uaah!“, entfuhr es Lia, als Alfi mit einer Serie von wilden Bocksprüngen lostobte.

„Na warte“, sagte sie lachend, nachdem sie sich im Sattel zurechtgesetzt hatte. „Wenn du noch so viel Energie hast, dann darfst du bis ans Ende des Riesenfelds galoppieren!“

Das ließ Alfi sich nicht zweimal sagen. Im gestreckten Galopp flog er über das Feld.

Das ist viiieeel besser als Rodeo!

Vor Lia flatterte Alfis Mähne im Wind. Die dunklen Spitzen seiner Ohren sahen aus wie in Schokolade getunkt. Lia genoss Alfis kraftvolle Galoppsprünge, sein rhythmisches Schnauben und die kühle Herbstluft.

Juhu, wir heben ab!

Lia

Am Ende des Stoppelfelds parierte Lia ihr Pony durch und lenkte es wieder auf den Feldweg.

„Das war super“, sagte Lia atemlos und wuschelte durch Alfis Mähne.

Jetzt durfte er im Schritt am langen Zügel weiterbummeln. Nach der nächsten Wegbiegung tauchte in der Ferne schon der Birkenhof auf.

Lia sah, wie ein Auto mit Pferdehänger in den Weg zum Reiterhof einbog. Wenn sie nicht alles täuschte, war das der Transporter mit Balu.

Beim Gedanken an das verletzte Pony spürte Lia einen Kloß im Hals. Hoffentlich war die Verletzung nicht schlimm und heilte schnell, sodass der Kleine bald keine Schmerzen mehr hatte.

Und hoffentlich ging es Balus Reiterin gut! Von Annas Vater hatte Lia erfahren, dass das Mädchen von Lea gefunden und dann mit dem Auto zum Reiterhof gebracht worden war.

Aber wie hatte Lea das angestellt? Lia konnte es kaum erwarten, sie wiederzusehen und alles zu erfahren.

➧ *Willst du wissen, wie es mit Lia weiterging? Dann lies auf Seite 100 weiter. Was Lea vor dem Wiedersehen mit Lia erlebt hat, erfährst du ab Seite 90.*

? ?

PONYRÄTSEL

In dem Gitter stecken acht Wörter rund um Ponys und Pferde. Finde sie und kreise sie ein! Die Lösung findest du auf Seite 126-127.

? ?

B	M	E	T	I	L	S	R	W	A	N
R	I	B	L	E	G	A	L	O	P	P
W	E	I	D	E	O	T	G	F	I	A
J	F	S	B	N	K	T	S	E	N	D
U	R	S	C	H	W	E	I	F	A	D
L	U	T	V	U	T	L	D	I	S	O
N	D	A	N	F	E	S	A	B	T	C
I	O	L	E	R	K	O	T	U	E	K
H	A	L	F	T	E	R	R	A	D	R

HILFE IN SICHT

Wwwusch! Auf der Landstraße zischte ein Auto nach dem anderen vorbei. Lea führte Welli mit Anna im Sattel am Straßenrand entlang. Im Gehen vergrub sie die freie Hand in seinem Fell. Allmählich taten ihr die Füße weh. Bestimmt ging es Welli ähnlich. Müde trottete er neben Lea her. Anna auf seinem Rücken war ganz still geworden.

Lea seufzte. Diesen Tag hatten sich alle anders vorgestellt!

Auf der anderen Straßenseite zweigte ein Wirtschaftsweg ab. An der Kreuzung stand ein Hinweisschild.

„Na endlich“, sagte Lea und ließ Welli anhalten. „Wir müssen da rüber.“

Sie wartete am Straßenrand auf eine Lücke zwischen den Autos. Aber was war das? Ein Wagen wurde langsamer und setzte den Blinker. Lea runzelte die Stirn. Wollte die Fahrerin etwa hier am Straßenrand anhalten?

Tatsächlich: Die Fahrerin lenkte den Wagen auf den Grasstreifen und hielt an. Sobald die Fahrbahn frei war, stieg die Frau aus.

„Da seid ihr ja!“, rief sie. „Mensch, Anna, was ist passiert?“

Lea sah fragend zwischen der Frau und Anna hin und her. Hatte sie die Frau nicht auch beim Start am Birkenhof gesehen? Lea war nicht sicher.

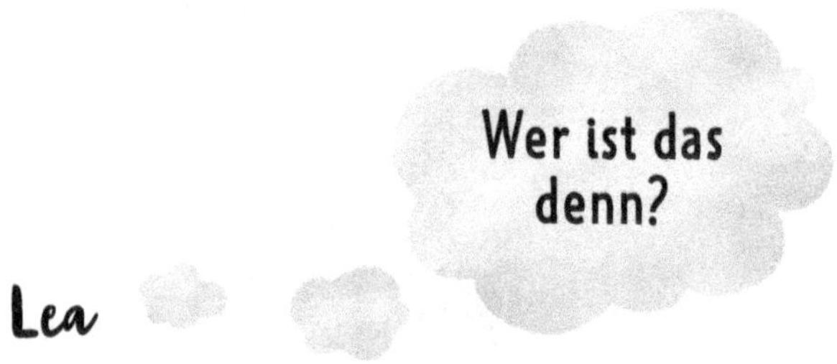

Anna sah erleichtert aus. „Das ist die Mutter von Finn, meinem Mitreiter“, sagte sie zu Lea. Dann erzählte sie in wenigen Worten, dass Balu und sie gestürzt waren.

„Oje, du Arme!“, meinte Finns Mutter. „Dein Vater hat hundertmal auf deinem Handy angerufen, aber hier in der Gegend ist der Empfang leider miserabel.“

Digitales
Niemandsland!

Lea

Die Frau sah Lea fragend an. „Und du hast Anna zufällig gefunden?“

„Nicht ganz.“ Lea schüttelte den Kopf. „Meine Mitreiterin Lia und ich sind auf das Pony gestoßen“, erklärte sie. „Weil wir beide keinen Empfang hatten, hat Lia sich mit Balu auf den Rückweg gemacht, und ich habe Anna gesucht und gefunden.“

Das war vor
einer gefühlten
Ewigkeit …

Lea

„Ist Balu inzwischen zurück?“, wollte Anna wissen. „Wie geht’s ihm?“

„Das kann ich dir leider nicht sagen." Die Frau zuckte mit den Schultern. „Als Balu mit dir durchgegangen ist, hat Finn euch aus den Augen verloren. Er ist zum Hof zurückgeritten und hat dort Bescheid gesagt. Seitdem haben wir Eltern die ganze Gegend abgesucht."

Lea sah, dass Annas Augen feucht schimmerten.

„Wenn du am Hof zurück bist, wartet Balu bestimmt schon auf dich", sagte sie aufmunternd.

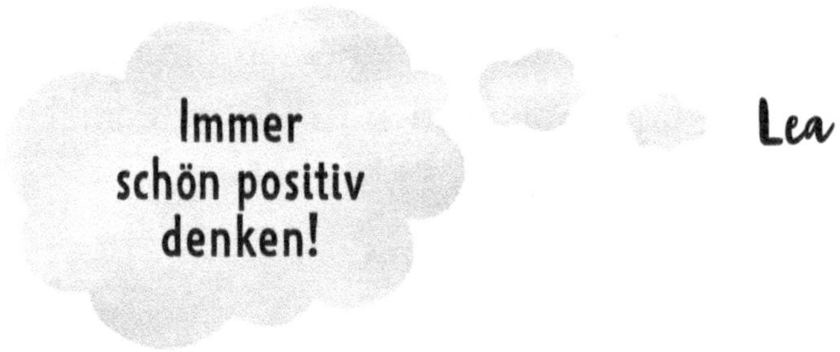

Finns Mutter meinte: „Am besten nehme ich Anna im Auto mit. Auf dem Birkenhof steht ein Sanitätswagen, da kann Anna gleich vor Ort untersucht werden."

„Sehr gut", fand Lea. „Und ich reite einfach zurück. Jetzt, wo ich das Schild gesehen habe, kann ja nicht mehr viel schiefgehen. Ist es denn weit bis zum Birkenhof?"

„Nein, gar nicht“, erwiderte Finns Mutter. „Mit dem Pferd brauchst du höchstens eine Viertelstunde. Wenn du auf den befestigten Wegen bleibst, ist die Strecke ab hier auch ausgeschildert.“

„Super!“, meinte Lea. „Mein Bedarf an Umwegen ist für heute gedeckt.“

Während Lea Welli festhielt, half Finns Mutter Anna aus dem Sattel. Anna humpelte zum Auto. Als sie auf dem Beifahrersitz saß, sah sie sehr erleichtert aus.

Und das war Lea auch! „Mann, Welli“, sagte sie, als das Auto davongefahren war. „Was für ein krasser Tag. Was hätte ich nur ohne dich getan?“

Sobald von beiden Seiten keine Autos kamen, führte Lea ihn über die Straße. Auf der anderen Straßenseite stellte sie die Steigbügelriemen passend ein und schwang sich in den Sattel.

Endlich wieder reiten!

Lea

Gleich hinter der nächsten Wegbiegung stieß Lea auf eine Rätsel-Station.

TOTAL UNNÜTZES PFERDEWISSEN

Auf diesen Holzklötzen stehen verschiedene Wörter. Manche davon sind Fachbegriffe rund um Pferde, andere nicht. Baut nur die Begriffe, die mit Pferden zu tun haben, in ein Gedicht ein!

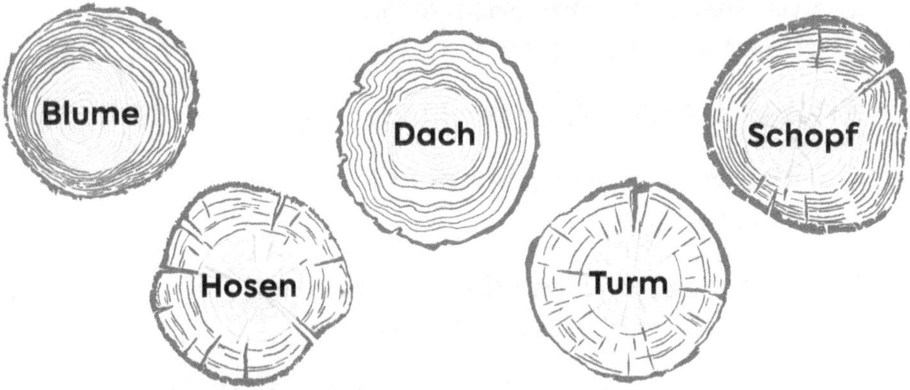

Jetzt bist du dran! Kreise die Begriffe ein, die in der Pferdesprache vorkommen. Auf Seite 126-127 kannst du nachschauen, ob du richtig liegst und was die Fachwörter bedeuten. Und lass dir doch auch ein Gedicht mit diesen Begriffen einfallen! ☺
Das Gedicht von Lia und Lea findest du auf Seite 120.

FRAGERUNDE

JA oder NEIN? Nicht lange nachdenken, sondern spontan antworten! Auf der nächsten Seite siehst du die Antworten von Lia und Lea. Los geht's!

1. **Magst du Reiten im Regen? JA / NEIN**
2. **Hast du schon mal Reiterferien gemacht? JA / NEIN**
3. **Findest du Schritt reiten langweilig? JA / NEIN**
4. **Warst du schon mal vor dem Frühstück im Stall? JA / NEIN**
5. **Hattest du von den Stiefeln schon mal Blasen an den Füßen? JA / NEIN**
6. **Bist du schon mal heimlich geritten? JA / NEIN**
7. **Hast du schon Essen mit einem Pferd geteilt? JA / NEIN**
8. **Lästerst du manchmal über andere Reiterinnen und Reiter? JA / NEIN**
9. **Hattest du beim Reiten schon mal Angst? JA / NEIN**
10. **Hast du im Galopp schon mal die Geschwindigkeit gemessen? JA / NEIN**

11. Ist dir beim Reiten schon was richtig Peinliches passiert? JA / NEIN

12. Ärgerst du dich manchmal über deine Reitlehrerin oder deinen Reitlehrer? JA / NEIN

Hier sind die Antworten von Lia und Lea!

Lia	Lea
1. NEIN	1. JA
2. NEIN	2. JA
3. JA	3. NEIN
4. JA	4. JA
5. JA	5. NEIN
6. NEIN	6. JA
7. JA	7. JA
8. NEIN	8. JA
9. JA	9. NEIN
10. NEIN	10. NEIN
11. JA	11. JA
12. NEIN	12. JA

GLÜCKLICHES WIEDERSEHEN

Auf dem Reiterhof kratzte Lia gerade Alfis Hufe aus, als Lea mit Welli eintraf. Die Ponys begrüßten sich mit einem freudigen Wiehern.

Lia setzte Alfis Huf auf dem Boden ab, und Lea sprang aus dem Sattel. Strahlend fielen sich die Freundinnen um den Hals.

Team Ponyglück wieder vereint!

Das Quieken ihrer Ponys ließ Lia und Lea auseinanderfahren. Nüster an Nüster schlugen Welli und Alfi mit den Vorderbeinen in die Luft und quietschten laut.

„Schau dir die beiden an!“ Lia lachte. „Sie tun so, als hätten sie sich ewig nicht gesehen.“

Die Unzertrennlichen! ☺

Lea

Lea grinste. „Bestimmt erzählen sie sich gerade, was sie alles erlebt haben."

„Au ja, das machen wir jetzt auch", meinte Lia.

„Unbedingt!", bestätigte Lea. „Aber vorher muss ich Wellis Halfter holen. Kannst du ihn bitte kurz halten?"

„Na klar." Lia nahm Welli am Zügel und kraulte seinen Nasenrücken.

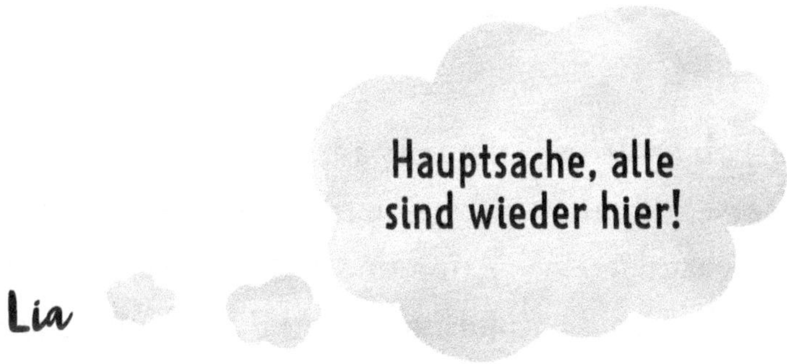

Während sie auf Lea wartete, sah Lia sich auf dem Hof um. Rund um den Vierkanthof dösten Pferde in ihren Paddocks. Andere wurden herumgeführt oder zupften Raufutter aus Netzen.

Vor dem Imbissstand neben der Reithalle hatte sich eine kleine Schlange gebildet. Überall standen Gruppen von Reiterinnen und Reitern herum. Die Luft war erfüllt von Stimmengewirr. Paula vom Birkenhof lief herum und bat alle noch um etwas Geduld.

Warum dauert das so lang?

Lia

Natürlich warteten alle gespannt auf die Auswertung der Rätselaufgaben. Aber zuerst musste Klarheit über die Verletzungen von Anna und Balu herrschen. Immer wieder blickten die Reiterinnen und Reiter zum Sanitätswagen hinüber, in dem Anna gerade untersucht wurde.

Balu war inzwischen im Stall verschwunden, wo die Tierärztin ihn untersuchte.

Es dauerte nicht lange, bis Lea mit Wellis Halfter zurückkam. Die Freundinnen hatten sich gerade auf einen Strohballen gesetzt, als Annas Vater auftauchte.

„Lia, hast du noch mal kurz Zeit?“, fragte er. „Die Tierärztin hat ein paar Fragen an dich.“

„Ja, klar.“ Lia stand auf und folgte ihm in den Stall.

Ob wir wohl jemals zum Erzählen kommen? 😂

Lea

Im Stall war Balu in einer Putzbox angebunden. Neben ihm stellte die Tierärztin gerade ihr Röntgengerät auf.

„Du bist also die Pony-Retterin“, begrüßte die Tierärztin Lia. „Da die verletzte Reiterin gerade noch untersucht wird, möchte ich dir ein paar Fragen stellen.“

„Klar, gerne“, sagte Lia.

Die Tierärztin wollte genau wissen, wie Lia und Lea das Pony gefunden hatten und welche Symptome es unterwegs gezeigt hatte. Lia beschrieb alles so genau wie möglich. Dabei beschlich sie ein mulmiges Gefühl. Hoffentlich war es kein Fehler gewesen, dass sie Balu nach dem Unfall weitergeführt hatte!

„Danke für deinen Bericht“, sagte die Tierärztin, als Lia fertig erzählt hatte. „Für mich war es wichtig zu wissen, wie sehr das Pony nach dem Unfall noch belastet wurde.“

„Ich hoffe, die Bewegung hat ihm nicht geschadet“, meinte Lia besorgt.

„Nein, du hast alles richtig gemacht“, beruhigte die Tierärztin sie. „In Notfällen muss man oft schnell handeln und kann nicht immer sicher sein, ob man das Richtige tut. Im Zweifelsfall ist es immer besser, etwas zu unternehmen, als aus Angst vor Fehlern nichts zu machen.“

Lia fiel ein Stein vom Herzen.

„Ich untersuche den Kleinen jetzt noch zu Ende“, erklärte die Tierärztin und lächelte Lia und Annas Vater an. „Aber ich kann jetzt schon sagen, dass es nichts ganz Schlimmes ist.“

Lia atmete auf. Wie genial war das denn? Sie konnte es kaum erwarten, Lea die guten Neuigkeiten zu erzählen.

Lia

Good news!

„Tut mir leid, dass es so lange gedauert hat“, sagte Lia, als sie endlich zu Lea und den Ponys zurückkehrte.

Lea hatte Welli und Alfi inzwischen mit Heu versorgt und in Ruhe ihre Nachrichten gesendet und empfangen.

„Kein Problem.“ Lea sah Lia gespannt an. „Und, was sagt die Tierärztin?“

„Sie war mit der Untersuchung noch nicht fertig“, erwiderte Lia. „Aber sie meinte, dass es nur halb so wild ist.“

„Ein Glück“, seufzte Lea aus tiefstem Herzen.

Jippie, Balu wird wieder fit!

Lia ließ sich neben Lea auf den Strohballen fallen. „Jetzt will ich endlich erfahren, was du erlebt hast.“

„Und ich will alles von dir hören“, meinte Lea. „Ich platze fast vor Neugier!“

Während sich Welli und Alfi das Heu schmecken ließen, machten es sich Lia und Lea auf den Strohballen gemütlich und erzählten sich jede Einzelheit ihres Abenteuers.

PONYRÄTSEL

Welches Verhalten ist typisch für Pferde?
Die Buchstaben vor den richtigen Antworten ergeben ein Wort. Kommst du darauf?

H Chillen
F Jagen
E Rennen
I Angreifen
R Knabbern
Z Spielen
A Auflauern
E Fressen
N Dösen

S Wälzen
E Knurren
P Scheuen
O Weglaufen
L Jaulen
N Schnauben
Y Wiehern
K Schnurren
S Quieken

Lösungswort:

_ _ _ _ _ _ _ _ _ _ _ _

Auf Seite 126–127 findest du die Lösung.

SPASS MUSS SEIN

„Achtung, Achtung!“, hallte es aus den Lautsprechern auf dem Reiterhof. „Alle Teilnehmenden am Rätsel-Ritt werden zur großen Birke im Hof gebeten.“

Lia und Lea liefen mit den anderen Reitern und Reiterinnen zum Treffpunkt in der Hofmitte. Gemeinsam bildeten sie einen großen Kreis um die Veranstalterin. Auch viele Eltern und Helfende waren dabei.

Lea winkte Anna zu, die etwas abseits auf einem Baumstumpf saß. Neben ihr stand ein Junge in Reitkleidung. Das musste Finn sein.

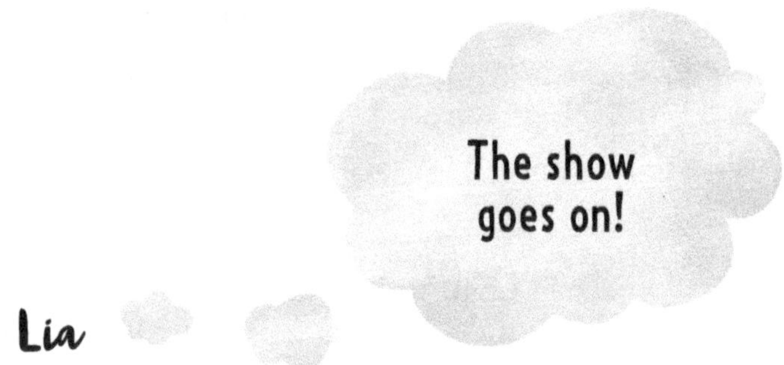

Die Veranstalterin Paula wartete, bis unter den Versammelten Ruhe eingekehrt war. Dann nahm sie ihr Mikro und begann zu sprechen.

„Vielen Dank für eure Geduld“, sagte sie. „Bestimmt haben alle mitbekommen, dass heute leider ein Unfall passiert ist. Zum Glück haben die betroffene Reiterin und ihr Pony keine schlimmen Verletzungen und können heute Abend zurück nach Hause.“

Die beste Nachricht des Tages! ☺

Erleichtert atmeten alle auf. Einige klatschten in die Hände. Aber als die Pferde in der Nähe unruhig wurden, ebbte der Beifall schnell wieder ab.

Nichts für schwache Nerven!

Lea

„Der Unfall ist übrigens durch einen kleinen Erdrutsch passiert“, fuhr Paula fort. „Als das betroffene Pony aus Angst durchgegangen ist, lief es an den Rand eines alten Steinbruchs. Dort hat der Boden nachgegeben, und das Pony ist mitsamt Reiterin gestürzt."

Ein erschrockenes Raunen ging durch die Menge.

„Das Lasso!", fiel Lea in diesem Augenblick ein.

Alle drehten sich zu ihr um.

„Entschuldigung", sagte Lea schnell. „Mir ist nur gerade eingefallen, dass das Lasso von der Steckenpferd-Station noch beim Steinbruch liegt."

„Kein Problem", meinte die Veranstalterin. „Wir müssen ja sowieso die Stationen wieder abbauen. Dann nehmen wir auch das Lasso mit."

Lea atmete auf.

„Es tut uns sehr leid, dass der Unfall passiert ist", fuhr Paula fort. „Wir wünschen Anna und ihrem Pony von Herzen gute Besserung. Und jetzt können wir endlich mit der Auswertung der Aufgaben beginnen. Dafür stehen in der Halle Helfer bereit. Dort könnt ihr eure Fotos, Videos und Lösungen vorzeigen. Je nachdem, wie ihr die einzelnen Aufgaben gemeistert habt, werden eure Punkte in einen Wertungsbogen eingetragen."

Dabeisein ist alles!

Alle redeten aufgeregt durcheinander. Die ersten Teams liefen schon zur Reithalle, als Paula sich noch einmal zu Wort meldete.

„Sobald wir die Ergebnisse ausgewertet haben, findet in der Halle die Siegerehrung statt", drang ihre Stimme aus den Lautsprechern. „Und für zwei Teams haben wir uns eine Ausnahmeregelung überlegt."

Alle hielten inne und hörten zu.

Paula erklärte: „Finn und Anna konnten durch den Unfall nicht alle Aufgaben erledigen. Das Gleiche gilt für Lia und Lea, die den Verunglückten geholfen haben."

Wieder ertönte leiser Beifall. Lia und Lea schauten sich verlegen an.

Jetzt bin ich aber gespannt!

Lia

„Diese beiden Teams dürfen jetzt noch zwei Aufgaben nachholen“, sagte die Veranstalterin. „Während die anderen schon ihre Ergebnisse vorzeigen, könnt ihr euch das Gedicht mit den Pferdebegriffen und die Quatschfragen vornehmen. Natürlich nur, wenn ihr möchtet.“

Fragend blickte die Frau zu Anna und Finn und anschließend zu Lia und Lea.

Lea und Lia zögerten keine Sekunde. Natürlich wollten sie! Auch Anna und Finn nickten zustimmend.

Besser spät als nie!

Lea

Als Paula die Aufgaben verteilt hatte, liefen Lia und Lea erst einmal zu Anna.

„Und, was ist mit deinem Bein?“, erkundigte sich Lea.

„Zum Glück nichts gebrochen“, erwiderte Anna. „Es ist nur eine starke Prellung. Das wird wohl noch eine Weile wehtun, aber es hätte schlimmer ausgehen können.“ Schüchtern lächelte sie Lia an. „Du bist Lia, stimmt’s?“, sagte Anna. „Tausend Dank, dass du Balu in Sicherheit gebracht hast.“ Ihre Stimme zitterte ein bisschen, und in ihren Augen schimmerten Tränen.

„Das hab ich total gerne gemacht“, versicherte Lia. „Wir Pferdeleute müssen doch zusammenhalten.“

„So, und jetzt knöpfen wir uns die Aufgaben vor“, meinte Lea. „Natürlich streng getrennt!“

Lia und Lea liefen wieder zu ihren Ponys hinüber, während Anna und Finn bei der Birke im Hof blieben.

„Wie soll das eigentlich funktionieren?“, überlegte Lia, während sie Alfis Nase streichelte. „Wir können ja trotzdem nicht an der Wertung teilnehmen, weil uns jede Menge Aufgaben fehlen.“

„Keine Ahnung.“ Lea zuckte mit den Schultern. „Hauptsache, wir haben noch ein bisschen Spaß.“

Lia grinste. „Vielleicht bekommen wir ja einen Trostpreis“, meinte sie.

„Au ja!“ Lea verzog das Gesicht. „Ich hab mal so eine Art Teigschaber gewonnen. Zum Glück stand drauf, dass es ein Rührlöffel für Mash ist. Sonst hätte ich echt nicht gewusst, was ich damit anfangen soll.“

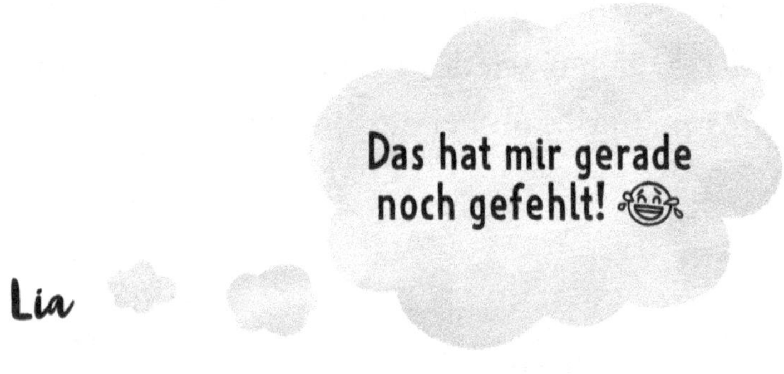

„Dann bin ich mal gespannt, was heute für uns abfällt.“ Lia kicherte. „Für so einen Gewinn geben wir doch gerne noch mal alles!“

Sie machten es sich auf dem Strohballen gemütlich und lasen erst einmal die Quatschfragen durch.

TOTAL UNNÜTZES PFERDEWISSEN

1. Wie oft äpfelt ein Pferd in seinem Leben?

A: etwa 2.000-mal

B: etwa 20.000-mal

C: etwa 200.000-mal

TOTAL UNNÜTZES PFERDEWISSEN

2. Wie weit käme ein Pferd, das im Verhältnis zur Körpergröße so weit springt wie ein Floh?

A: 6 Meter

B: 600 Meter

C: 6.000 Meter

Lea lachte. „Mathe war schon immer meine Stärke“, meinte sie. „Also, lass uns mal überlegen …“

Lia streckte die Beine aus. „Tut das gut, über so einen Quatsch nachzudenken! Vom Ernst des Lebens habe ich für heute genug!“

? ?

Jetzt bist du dran! Was glaubst du,
welche Lösungen richtig sind? Die Antworten
findest du auf Seite 126–127.

? ?

EIN SELFIE ZUM ABSCHIED

„Wir bitten alle Teilnehmenden ohne ihre Pferde in die Reithalle!“ Auf diese Lautsprecherdurchsage hatten die Reiterinnen und Reiter schon gewartet. Inzwischen hatten alle ihre Aufgaben vorgezeigt. Die Wertungsbögen waren ausgefüllt und die Ergebnisse ausgerechnet. Alle freuten sich auf die Siegerehrung und wollten wissen, bei welcher Pferdefrau die Gewinner trainieren durften.

Neugierig drängten sich die Teilnehmenden in der Halle. Lea und Lia waren mittendrin. Weil sie nicht alle Stationen besucht hatten, waren sie gespannt auf die restlichen Aufgaben.

Die Spannung steigt!

Allmählich kehrte in der Halle Ruhe ein. Anna hockte auf einem Hindernisblock. Alle anderen standen im Halbkreis um Paula herum.

„Spaß muss sein“, begann Paula. „Das war das Wichtigste bei unserem Rätsel-Ritt. Und damit ihr jetzt noch mal was zu lachen habt, könnt ihr hier einige Szenen von heute sehen.“ Sie deutete auf eine Leinwand hinter sich.

„Wir haben aus euren Aufnahmen ein paar witzige und spannende Ausschnitte zusammengestellt“, sagte Paula. „Außerdem wird jede Aufgabe noch mal gezeigt und erklärt.“

Sie startete den Beamer, sodass alle die Präsentation sehen konnten. Von manchen Stationen wurden nur die Aufgabenschilder gezeigt, und Paula erklärte kurz etwas dazu. Bei anderen Aufgaben hatten sich die Teilnehmenden gegenseitig fotografiert oder gefilmt. Es gab viel zu lachen, als einige dieser Aufnahmen eingeblendet wurden.

So war auf der Leinwand eine Teilnehmerin zu sehen, die sich beim Werfen des Lassos beinahe selbst gefesselt hatte. Auf einem anderen Schnappschuss machte sich ein Pony über ungekochte Spaghetti her, die eigentlich zu einer Geschicklichkeitsaufgabe gehörten. Immer wieder johlte das Publikum vor Begeisterung und klatschte Beifall.

„Die Nudeln hätten Welli bestimmt auch geschmeckt“, kicherte Lea.

„Na klar“, meinte Lia. „Am besten mit Tomatensauce und Parmesan!“

Lea sagte: „Hoffentlich hat das Pony davon kein Bauchweh bekommen.“

„Ich glaube nicht“, beruhigte Lia sie. „Ich habe es vorhin im Hof gesehen, wo es mit gutem Appetit Heu gefressen hat.“

Paula klatschte in die Hände. „Wir sind noch nicht fertig“, unterbrach sie das Stimmengewirr. „Ich möchte euch die Stationen mit unnützem Wissen nicht vorenthalten. Hier konnte man im Grunde nur raten. So hatten Leute mit viel Pferdeerfahrung die gleichen Chancen wie diejenigen, die noch nicht so viel über Pferde wissen.“

In der Reithalle wurde es wieder still. Gespannt hörten alle zu, als Paula nun die Auflösungen der Quatsch-Aufgaben vorlas. Auch das unnütze Pferdewissen sorgte für viele Lacher.

„Zuletzt möchte ich noch eines der Pferde-Gedichte vorlesen", verkündete Paula. „Die meisten von euch haben richtig erkannt, welche Begriffe in der Pferdewelt vorkommen. Die Gedichte sind alle sehr genial. Ich trage nur eines davon vor, damit ihr vor Einbruch der Dunkelheit noch eure Pferde verladen könnt."

Sie las vor:

„Eine Blume unterm Schopf
ziert so manchen Pferdekopf.
Trägt das Pferd dazu noch Hosen,
kann es ohne Ende posen.
Hier ein Selfie, dort ein Reel –
ob Pummelbär, ob Spaßmobil,
dem Insta-Pferd wird's nie zu viel.
Ihr schenkt uns Glück seit langer Zeit –
danke, dass ihr bei uns seid!"

Während um sie herum Beifall ertönte, strahlten Lia und Lea um die Wette.

„Jetzt aber zur Siegerehrung!", fuhr Paula fort und spielte einen Tusch ein. „Wir gratulieren Team 3 zum Sieg. Und dann gibt's noch zwei Ehrenpreise für die Teams von Anna und Finn und von Lia und Lea. Wir haben schon mit der Trainerin gesprochen. Sie nimmt sich gerne noch Zeit für die Teams mit den Ehrenpreisen."

Wieder applaudierten alle.

Lia und Lea sahen sich an. Jetzt waren sie wirklich gespannt, um welche Trainerin es sich handelte.

„Und hier ist die Weltklasse-Reiterin, bei der ihr trainieren dürft!" Mit großer Geste deutete Paula auf die Leinwand.

Wow! Ein Raunen ging durchs Publikum. Lea schlug sich mit der Hand vor den Mund, und Lia schnappte nach Luft.

Auf der Leinwand erschien eine Trainerin, die Lia und Lea schon einmal auf einer Pferdemesse gesehen hatten. Sie folgten ihr schon seit Längerem auf Social Media, weil die Trainerin mit unsichtbaren Hilfen ritt und sehr fair mit ihren Pferden umging. In dem Video ritt sie ohne Sattel und Zaumzeug fliegende

Galoppwechsel, ließ ihr Pferd über Hürden springen und Pirouetten drehen.

Alle klatschten begeistert Beifall. Lia und Lea sahen sich mit leuchtenden Augen an.

„Die Gewinnerinnen und Gewinner müssen bei dem Training übrigens nicht ohne Ausrüstung reiten“, sagte Paula noch. „Was und wie ihr übt, sprecht ihr selbst mit der Trainerin ab. Sie stellt sich auf euch und eure Wünsche ein.“

Als die Reiterinnen und Reiter nach der Siegerehrung aus der Halle kamen, war es draußen kühl geworden. Die Abendsonne hing wie ein glutroter Ball über den Baumwipfeln, und von den Wiesen und Feldern stieg leichter Nebel auf.

Lea und Lia liefen zu ihren Ponys, die das Heunetz inzwischen bis zum letzten Halm geleert hatten.

Saubere Arbeit! ☺

Lia

„Komm, mein Süßer! Ab nach Hause“, sagte Lia und löste Alfis Strick.

Lea schnappte sich einen Besen und fegte noch rasch den Platz, an dem die Ponys gestanden hatten.

Auch die anderen Reiterinnen und Reiter packten ihre Sachen zusammen und machten sich für die Abfahrt bereit.

Lia und Lea wollten ihre Ponys gerade zum Parkplatz führen, als Anna mit Balu und ihrem Vater auftauchte.

„Wir wollten uns noch mal ganz herzlich bei euch bedanken“, meinte der Mann. „Und Anna hat noch eine Bitte.“

„Worum geht's denn?“ Lea blickte Anna fragend an.

Anna druckste ein bisschen herum.

„Raus mit der Sprache“, sagte Lea. „Wir beißen nicht.“

Da gab Anna sich einen Ruck. „Könnte ich vielleicht ein Selfie mit euch machen?“, fragte sie.

„Na klar“, meinte Lea.

Auch Lia war einverstanden. Und so konnte Anna nach einem turbulenten Tag noch ein ganz besonderes Selfie mit nach Hause nehmen.

Endlich waren alle zur Abfahrt bereit. Welli und Alfi standen in ihren Transportern und wieherten sich zu.

Lia streichelte Balu zum Abschied. „Tschüss, du tapferes Pony“, sagte sie. „Und pass in Zukunft besser auf, wo du hinläufst!“

Dann machten sich alle auf den Heimweg. Bevor die Fahrzeuge auf die Landstraße abbogen, winkten sich Lia und Lea noch durch die Autofenster zu.

Über den Feldern schwebten rötliche Nebelschwaden. Die Abendsonne tauchte die Landschaft in warmes Licht. Lea und Lia lehnten sich in ihren Sitzen zurück und zückten die Handys.

Lea: Nach dem Abenteuer ist vor dem Abenteuer, stimmt's?

Lia: Immer gerne, nur nicht gleich morgen. 😂

Lea: Nee, morgen haben die Ponys Pause. Einfach mal mit Freunden abhängen, fressen und nichts tun. 😉

Lia: Da sagt Alfi nicht Nein! Gute Heimfahrt und bis bald!

LÖSUNGEN

S. 18: Max, Boy, Mausi, Schimmi

S. 25: BALU

S. 34:

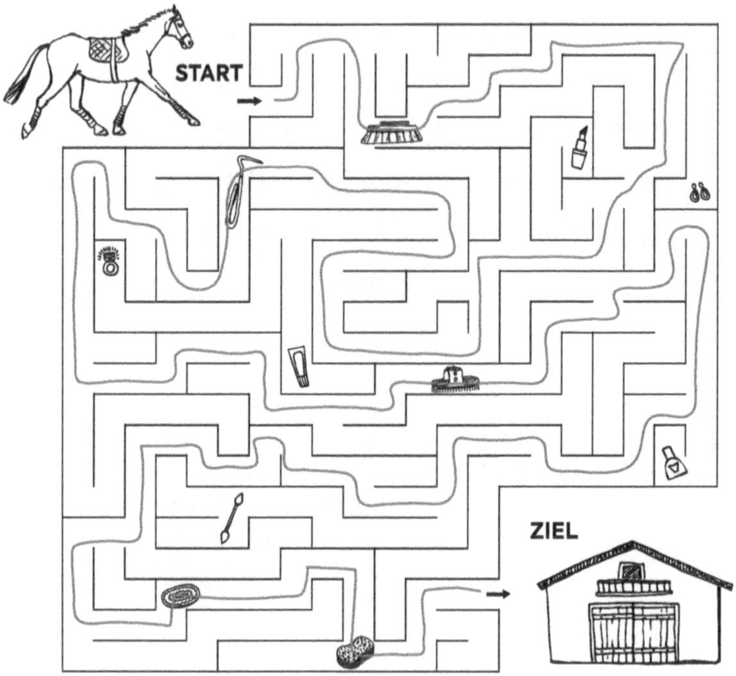

S. 41: PONYLIEBE

S. 51: Lösungswort: TRENSENGEBISS,
Lösungswort: NASENRIEMEN

S. 60: SATTELGURT

S. 69: FALBE

S. 78: FLUCHTINSTINKT

S. 83: PFERDEWEIDE

S. 89:

B	M	E	T	I	L	S	R	W	A	N
R	I	B	L	E	G	A	L	O	P	P
W	E	I	D	E	O	T	G	F	I	A
J	F	S	B	N	K	T	S	E	N	D
U	R	S	C	H	W	E	I	F	A	D
L	U	T	V	U	T	L	D	I	S	O
N	D	A	N	F	E	S	A	B	T	C
I	O	L	E	R	K	O	T	U	E	K
H	A	L	F	T	E	R	R	A	D	R

S. 97: Diese Begriffe gibt es in der Pferdesprache:
BLUME: rundes, weißes Abzeichen auf der Pferdestirn
HOSEN: Muskulatur an der Hinterhand des Pferdes
SCHOPF: lange Haare, die zwischen den Pferdeohren auf die Stirn hängen

S. 107: HERZENSPONYS

S. 115: 1. C, 2. B

NOCH MEHR VON LIA & LEA

 # ponylife – Mein Pferde-Mitmach-Journal von den Social-Media-Stars Lia und Lea

ISBN 978-3-7459-1250-0
€ 15,00 (D) / € 15,50 (A)

 # ponylife – Mein Adventskalenderbuch – Von Lia und Lea

ISBN 978-3-7459-1277-7
€ 16,00 (D) / € 16,50 (A)

Meine Freunde – Das Freundebuch von den beliebten Social-Media-Stars Lia und Lea

ISBN 978-3-7459-1747-5
€ 13,00 (D) / € 13,40 (A)

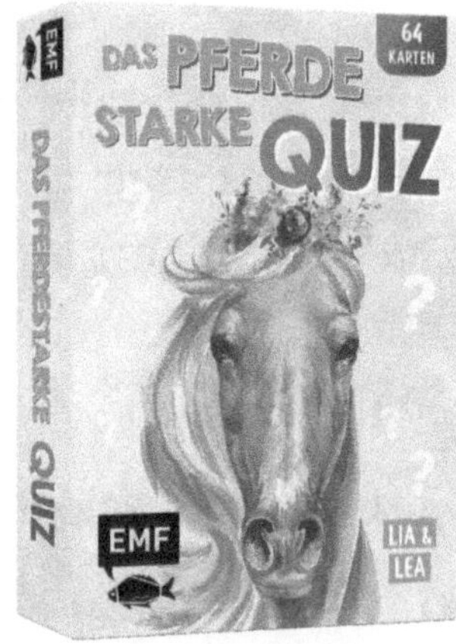

Kartenspiel: Das pferdestarke Quiz von den beliebten Social-Media-Stars Lia und Lea

GTIN 4260478342194